KB122759

0시 동물원

조한샘

청

5부   식물원

1

20년간의 돌고래 쇼를 마치고 제주 바다에 방류된
남방큰돌고래 금등과 대포가 6년째 행방불명이다

1부

여기서부터
45분

4차 산업 혁명 시대의 생활과 건강

너는 운전 중에 자주 발기하고
가까운 미래에 자율 주행차가 상용화되면
너는 고자가 된다.

..

팔은 로봇 팔
눈은 광학식
초당 71경 4,903조 번의 연산 능력
실시간 업데이트되는 무한의 데이터
모르는 게 없다
관찰하고 이해하고 행동한다
은근슬쩍 언어를 바꾸고
어디든 갈 수 있다
어디나 존재한다
최첨단의 로봇 청소기는
동시에. 전혀 다른 곳에.

..

가짜 목소리
가짜 몸
가짜 얼굴을 믿을 수 없어
가짜 침실을 빠져나온다
(속옷 위로 바지를 추켜올리며)
(티셔츠 목구멍에 머리를 통과시키며)
(양말로 두 발을 감추며)

..

고양이의 수명은 190년
개의 수명은 230년
더 이상 닭과 돼지를 잡아먹지 않으니까
동물원에서 닭과 돼지를 볼 수 있다

..

수면 모드였던 컴퓨터가 돈다
먼지 쌓인 모니터에 깜박깜박 글자가 표시된다
성에꽃이 핀 입술을 슬금슬금 움직이며
캡슐 안에 냉동 인간이 말을 한다
너무 춥긴 하지만,
22세기라는 말은 미래 같지 않아
둘러대는 변명 같잖아
잠깐만 더 얼어 있자.

..

구구단을 외워 본 적 없다
시의 한 구절만을 떠올려 본 적 없다
섣부른 고백이 없다 망친 음식이 없다
오타가 없다 반성도 없다
따라서, 후회는 없다
수정 데이터를 덮어씌우면 그만이다
너 아까부터 무슨 생각해?

생각해 본 적 없다

..

침대 머리맡에 아직 있어
네가 선물한 가짜 수선화
정말 수선화 같은 향이 나
감촉도 비슷해
물을 잘 먹고, 새벽 공기를 좋아하더라
진짜 수선화처럼 일주일 만에 시들더라

..

지난해 교통사고로 인한 사망자 수는
회전문에 끼여 죽는 사고 다음으로 낮은
138위를 기록했다.

..

로봇 청소기는 쉬지 않는다
더러움을 참지 않는다
보이는 즉시.
잠도 없이.

..

종이 맛은 금방 익숙해질 거예요
아무 맛이 없었던 플라스틱 빨대

겨울 여관

밤새 벽지에 돋아난 손등을 문질렀다
타고 남은 숲의 일부처럼 높이가 없었고
흉터라고 불리는 새살처럼 놀랄 만큼 부드러웠다
겨울 이불을 뒤집어쓰고 야광 콘돔을 구경했다
컴컴한 속에서 오래 보아도 눈이 따갑지 않았다
새어 없어지지 말라고 젖은 손바닥을 오므리고서
깨어나면 무엇도 남아 있지 않았다
예쁘고 쓸쓸한 꿈이었다

..

못해도 열댓 번은 사랑에서 무너졌을 것이다
여관방 주인은 신음과 비명에도 남겨진 손톱에
매니큐어를 칠하는 일에 열중이었다

　　— 아줌마, 방 있어요?

우리는 락스 냄새를 향수처럼 풍기는 주인을 따라서

니스 칠로 윤이 나는 나무 계단을 올랐다
서로를 놓칠까, 구정물이 흐르는 잎맥을 마주 잡고서
복도를 무성의로 내리쬐는 백열등과
엄마처럼 웃는 액자를 지났다
네발짐승의 척추를 따라 곧게 난 가르마를 걸었다

삽을 든 남자는 성큼성큼
세상을 얕본 풀꽃을 눕히고 있었다
울고 있었고 면도를 말끔히 한 남자였다
덜렁거리는 모가지를 한 노루도 있었다
반쯤은 슬퍼 보였다 목에서 함빡
따스함이 흘러넘치고 있었으니까

그녀는 객실 열쇠고리를 허공에 굴리며 말한다
자판기 이용법과 안개가 심한 날의 환기법에 관하여,
이국적 문양의 벽지를 오려 내어 단숨에
우리 키만 한 입구를 만든다

겨울 여관

그렇다고 너희가 함께 섞이는 게 아니고
프리즘의 분명한 갈래가 되는 거라고 한다
그러니 제발 슬픔을 아는 체 말고
라디에이터에 언 몸부터 녹이라고 한다
물렁한 물침대에 편히 누워 푹푹 썩으라고 한다

마른 이끼를 엮어 만든 카펫 위에서 우리는 발소리가 없다
지저분한 검지 끝으로 무마할수록 숲이 사라진다
그녀는 너와 나의 복숭아뼈를 주워다
네 그루의 나무를 심을 것이다
추위를 피해 여기까지 온 우리는
칠하다 만 손톱처럼 반투명한 어깨에
적갈색 이름이 프린팅된 여관 타월을 걸치고서
문틈으로 새어 들어오는 박하 향을 맡는다

..

그녀는 시린 손가락을 호호 불어 가며 불평이 없다

이만한 크기의 여관을 관리하는 데에는
그만한 청결함과 위험이 따르는 법이니까

1. 하루도 빠짐없이 청소를 꼼꼼히 할 것

2. 과부처럼 보이지 말 것

3. 나무는 조경에 좋지만, 새는 쫓아낼 것

4. 마른 솔잎을 쓸다가 발견하는 것에 놀라지 말 것

   (모두가 여관의 재산임)

5. 거울 앞에서 웃는 연습을 할 것

6. 손님이 말하는 중에 하품하지 말 것

7. 체크인 시 신분증에 이름을 외우지 말 것

8. 객실 복도를 지날 때 수시로 돌아볼 것

9. 돌아보며 엄마처럼 웃을 것

10. 자판기에 음료수가 떨어지지 않도록 할 것

11. 수면제는 조금만 탈 것

12. 이불을 털 때는 반드시 환기할 것

13. 인터폰으로 늘어놓는 잠꼬대를 일일이

    기억할 수 없다면 메모할 것

겨울 여관

그녀는 양손에 삽과 꽃을 들고
니스 칠이 각질처럼 일어난 나무 계단을 오른다
박하 향이 은은한 복도 중간에 멈춰 재채기를 서너 번 한다
주름 모양으로 금이 간 액자 모퉁이에
씹고 있던 껌을 잠시 붙여 둔다

가까워질수록 보폭을 줄인다
객실 문에 귀를 대고 소리를 듣는다
창문을 열어 두어도 새가 들어오지 않는다

손님이 두고 간 소지품을 꿰어 열쇠고리를 만든다
투명해진 벽지 위로 벽지를 새로 칠한다
서둘러야 한다 다음 손님이 도착하기 전에
준비를 마쳐야 한다

겨울 여관

n번째 배꼽

1

진찰실에 아이는 윗옷을 번쩍 들어 올렸다. 최 선생은 배 위 적당한 부위에 청진기를 가져다 대고, 잠자코 폐나 심장 소리를 들었으면 좋았을 것이다.

"너는 1,483번째 배꼽이란다."

최 선생이 아이에게 실제로 한 말이다.
이 말이 아동 학대인지 아닌지를 두고 논란은 확산되었다.

2

주말이 되어 시위 현장에 많은 사람이 모였다. 단상 위 중앙 스크린에서는 그날의 CCTV 영상이 반복 재생되고 있었다.

청진기로 진찰하던 최 선생이 무어라 말을 하자, 아이의 엄

마는 급하게 아이를 끌어안으며 아이의 윗옷을 원래의 자리로 내린다. 그로 인해 청진기 호스가 옷에 걸려 귀에 꽂혀 있던 끝이 당겨지고 덩달아 최 선생의 머리도 앞으로 구부정해진다. 청진기가 귀에서 완전히 튕겨 나간 후에도 최 선생은 얼마간 숙어지는 머리를 멈추지 못한다. 그는 앞으로 고꾸라지지 않으려고 격렬하게 움직인다. 바둥거리는 모습이 우스꽝스러운 동시에 위협적이다. 중심을 잡기 위해서라면 뭐라도 할 사람으로 보인다. 바퀴 달린 진료 의자가 뒤로 밀려 이동한 덕에 그의 머리와 팔과 엉덩이와 등등의 합은 아이 가까이 쓰러지지 못한다. 청진기 헤드와 고무호스 일부는 잠깐 동안 아이의 윗옷 안쪽에 숨겨졌다가, 원치 않게 물 밖으로 튀어 나온 뱀장어처럼 허공에 몸을 비틀며 바닥에 떨어진다. 영상에 소리는 없지만 빠르게 바닥 쪽으로 고개를 돌리며 움찔하는 아이의 동작은 날카로운 소리에 대한 반작용으로 짐작된다. 엄마는 바로 뒤에서 한쪽 팔로는 아이의 어깨에서 가슴까지 감아 안고 다른 손으로는 아이의 이마와 한쪽 눈을 비스듬히 가린다. 몇 걸음 엉거주춤하게나마—동시에 매우 단호하게—최 선생으로부터 뒷걸음치며 물러섰기 때문에, 영상 막바지에 최 선생은 아이에게서 충분히 멀찌감치 떨어진 채로, 진료실 바닥에 두 손을 딛고 있다.

단상에 오른 아이의 엄마는 10초 전까지 서럽게 울던 얼굴을 무섭게 만들더니, "그 개자식이 내 아이의 배꼽을 모욕했다."라고 마이크를 입에 바짝 붙이고 말했다. 스피커에선 순간, '삐이—'하는 고주파 음과 콧바람 소리가 함께 들렸다. 단상 아래서 383번째 배꼽으로 불린 아이의 엄마가 빠르게 손뼉을 쳤다. 842번째 배꼽으로 불린 아이의 엄마는 거의 울기 직전이었다.

3

Q. 아이의 엄마가 이토록 분노한 이유는 무엇인가? 배꼽에 대단한 의미라도 있나? A. 배꼽은 탯줄이 잘리고 난 흔적이다. Q. 탯줄은 무엇인가? A. 태곳적—아이의 역사에서—생을 지탱하는 유일함이다. Q. 유일함? 유일함은 무엇인가? A. 살고는 싶은데 살 방법이 하나뿐일 때 울며불며 늘어지는 것이다. 아이는 늘어졌다. 엄마는 아이 얼굴도 모르면서 늘어지는 존재를 버틴다. 버티고 버티다가 놓아 버린 순간에, 유일함을 잃은 아이는 원망한다. Q. 자신을 놓아 버린 부모를? 세상에 나올 만큼 커진 머리를? A. 둘 다일 수도 있고, 둘 다 아닐 수도 있다. 유일함을 빼앗긴 아이는 새로 직면한 유일함에—이제는 유일함이라 부르기 민망한, 말하자면 하나 이상의—택배 상자처럼 널리고 널린 가능성에 기겁하여 운다. 소리치고 움켜쥔다. 모든 게 허사가 될까 봐, 온 힘을 다해 쥘 수 있는 건 뭐라도 쥐어 본다. 그러다 뜻 모르게 떨리는 소리를 듣는다. 여러 소리가 섞여 있지만 알 수 있다. 믿을 만한 거리에 누군가 있다. 여태 꿈으로만 알았다—물(뱃)속에서는 대부분 그렇게 들린다—노래거나, 내 울음에서 비롯한 메아리라고 생각했다. 그러나 지금 또렷하게 들린다. 노래가 아닌 게 실망스럽기는 하지

만, 매혹된다. 울음이 터져 나오는 중에도 계속 듣고 싶다. 의미는 몰라도 그 소리가 어떤 식으로 변주될지 벌써 알겠다. 당장은 발소리였다가, 눈 못 뗄 표정이 된다. 결국 간지러운 자장가가 될 것이다. 어느 날에는 내 헐떡이는 가슴팍을 가다듬는 손이 되겠지. 울던 아이는 몰려오는 졸음에 멋쩍게 입맛을 다신다. 가벼운 공기가 사근사근 씹힌다. 그래 이만하면 속싸개의 압력도 나쁘지 않다. 미적지근한 품속의 온기도, 그녀의 어설픈 박자감도 곧 적응되겠지. 눈꺼풀과 손아귀의 힘이 느슨해지면 아이는 더 이상 슬픔이 대수롭지 않다. 그렇게 탯줄은 아주 쓸모없어졌다. 둘은 중요한 신체 부위를 잃었다. 말라비틀어져 보잘것없어진 부위는 고작 몇 개월을 살았다. Q. 탯줄을 잃은 게 상실인가? 후련함인가? A. 그들이 진정 안타까워하는 건 쓸모없어진 기관을 빌미로 두 사람이 이제껏 공유해 온 이전의 기억 또한 힘을 잃고 사그라들었다는 점이다. 대신 아이와 엄마가 마주 보는 자리에—엄마의 경우에는 배 안쪽 깊은 부위에—흉터가 남았다. 배꼽은 증거가 된다. 추억도 된다. 대단한 추억에는 이름도 있다—아이의 역사에서—배꼽은 이름이 붙은 최초의 흉터다. 그런데 최 선생은 배꼽 앞에 멋대로 숫자를 붙여 그 숭고한 의미를 훼손하였다.

4

한 뉴스 방송사에서 사건의 당사자인 아이와 인터뷰를 진행했다.

인터뷰를 기획한 방송 관계자들은 그 나이대의 아이들이 카메라 앞에서 거침없이 내뱉을 솔직함을 기대하였다. 아이들 특유의 예측 불가함이나 순진무구를 기대하였다. 직설과 무례의 말들을, 그에 따른 뜻밖의 사랑스러움을 기대하였다. 특수한 사건을 경험한 아이가 오직 아이의 높이에서 보았을 현장의 색다른 목격담을, 불쑥 튀어나오는 기발한 비유를, 따라서 시청자들에게 전달될 생경함 또는 심리적 위태로움을 기대하였다. 인터뷰 말미에는 다분히 작위적이고 진부하다는 비판을 무릅쓰고서라도 아이와 엄마를 소재로 하는 이야기가 주는 보편적인 뭉클함을 기대하였다. 적절한 타이밍에 긴장감과 감동을 고조시킬 음악도 준비되어 있었다.

정작 아이는 대부분의 질문에 이렇다 할 관심을 보이지 않았다. 방송 관계자들은 부산하고 철없는 아이의 태도에 인내심을 잃어 갔다. 아이는 영 집중하지 못하였다. 모든 답변에 짜증과 울음을 동반하였기에 인터뷰는 5분에 한 번꼴로 중단되었다. 현장 스텝들은 아이를 달래기 위해 세트를 오르락내리락하며 아이가 좋아할 만한 간식이나 장난감을 공수했다. 아이의 엄마는 옆에서 연신 어색하게 웃었다. 툭하면 의자 아래쪽으로 흘러내리는 아이의 자세를 고치려 아이의 양 겨드랑이를 잡고 위로 끌어올리는 동작을 반복했다. 진행자는 질문지에 엑스 표시를 맥없이 그어 가며 거의 낙담했다. 다만 인터뷰 막바지가 되어 수척한 얼굴의 진행자가 포기 반 오기 반의 심정으로, "너는 이다음에 커서 뭐가 되고 싶니?"라고 물었을 때, 아이의 태도는 조금 달랐다. 아이는 자세를 고치고 앉아서 얌전했다. 이때다 싶어 아이를 클로즈업하는 연출에 의해서인지, 어쨌거나 분명 전과는 다르게 보였다. 이상하리만치 의젓해 보였다. 경건함마저 감도는 잠깐의 침묵이었다. 이윽고 아이는 세트장 높이 달린 조명을 골똘히 응시하더니, 배꼽에 손가락을 넣고 코후비듯 하였다.

5

아이는 아직 안쪽에 미련이 있다. (인터뷰 기사의 타이틀)

6

최 선생에게 n번째 배꼽으로 불렸다는 사람들의 증언은 여기저기서 나왔다. 278번째 배꼽으로 불렸다는 남자는 당시엔 너무 어렸기 때문에 부당함을 분별하기 어려웠으나, 이제 와서 생각해 보니, 아니 생각하면 할수록 화가 치밀어 오른다고, 일도 그만두고 손해 배상 청구를 준비 중이라고, 변호사의 입을 빌려 말하였다. 795번째 배꼽으로 불렸다는 남자는 이제껏 7과 9와 5를 행운의 숫자로 여겨 온 자신이 한심하다며, 여태 불행했던 이유를 드디어 알겠다며, 필요 이상으로 자책했다. 앞으로는 보편적인 관습을 따라 8과 6과 11과 13을 행운의 숫자로 사용하겠다는 다짐을 덧붙였다. 1163번째 배꼽으로 불렸다는 여자의 사연은 놀라웠다. 그녀는 재작년 이맘때쯤 지하철 계단을 내려오다 실족사했는데, 이에 의문을 품은 어느 미스터리 사건 탐사 동호회에서 해당 사건을 끈질기게 파헤친 결과, 사고가 발생한 날짜와 사망 시간, 여자가 구른 계단의 개수, 당시 신고 있던 신발 사이즈(mm 단위), 현장을 수습한 경찰관의 차량 번호 등에서 가져온 숫자와 그녀의 배꼽 숫자 일부가 일치한다고 주장하였다. 537번째 배꼽으로 불린 여자는 그의 발언이 신경 쓰일 만한 것인지 모르겠다고, 입꼬리를—힘주어—내리며 말했다. 당장 눈앞에 일을 수습하기도 벅차다며—행인 쪽에 눈을 흘기며—다들 시간이 남아돈다며, 어깨를 으쓱하더니—메고 있던 백팩을 돌려 앞으로 하고, 그대로 끌어안은 채로—그런 관종한테는 무관심이 약이라고 하였다. 의견은 분분하였으나 대부분의 사람들은 그에게 묘한 증오심을 가진 듯 보였다.

최 선생은 어떠한 대처도 하지 않았다. 너무 조용했다. 사람들은 그가 쫄아서 아무 말도 못 한다고 하였다. 비로소 깊은 자숙의 시간을 갖기 시작했다고. 그러나 이 또한 만족할 만한 처사는 아니었다. 사람들은 그가 소아 성애자인지 아닌지만큼이나 어떤 변명을 늘어놓을지가 궁금했다. 하루빨리 불우한 성장담으로 시작하는 자필 반성문을 공개하든, 자신의 억울함과 결백을 절절히 토로하며 가족에게까지 가해진 원색적인 비난에 대한 부당함을 호소하든, 그것도 아니면 북받치는 분노를 못 참아 격양된 톤으로—아예 협박조로—자신을 조롱한 댓글과 아이디를 번갈아 낭독하든, 어쨌든 사람들은 그가 확실한 입장을 표명해야 한다고 하였다. 뭐라도 해야 한다고.

7

8-a

그들이 너무 갔어요. 소위 신상 털기를 하고 있습니다. 최 선생의 출신이나 정치적 성향 등을 비롯해 사실 여부나 출처가 확인되지 않은 여러 일화가 인터넷에 나돌고 있어요. 무례한 행동입니다. 특히 최 선생의 성적 취향에 관한 루머가 주를 이룬다는 건 그들의 관음증이 마침내 선을 넘었음을 말해 줍니다. 아니 그렇게 할 일이 없답니까? 온갖 허무맹랑한 음모론과 가짜 자극에 중독된 사람들이 습관처럼 말을 부풀리고 병적으로 의미 부여를 하고 있어요. 그들은 최 선생의 변태 행위를 직접 눈으로 확인해야 직성이 풀릴 사람들입니다. 어두컴컴한 거실 한가운데 발기한 최 선생이 아이들의 배꼽 번호를 장판에 한 자씩 새기는 장면이라도 봐야 만족하겠습니까? 정신 차리세요. 더러운 건 당신들 상상력이에요. 저는 변호사도 아니고 법에 관해선 잘 모르지만, 저의 상식선에선 도대체가 최 선생에게 어떤 법적 책임이 있는지 모르겠습니다. 벌어진 일은 아무것도 없는데 고작 그런 말장난으로 아동을 노리는 범죄자인지, 평범한 의사인지 어떻게 알 수 있다는 건지. 저는 알고 싶지도 않고, 알 필요도 없다고 생각합니다. 사람들이 너무 갔어요. 과장하는 거예요. 그냥 해프닝 같아요.

8-b

사회를 건강하게 유지하는데 약속과 규범만으로는 충분하지 않습니다. 때로는 감상적이라는 말로 치부되고 마는 징후들을 면밀하게 들여다보면 중요한 신호를 감지할 수 있습니다. 우리는 다 알지 못하고, 그래서 몇천 년에 걸쳐 우리 의식 깊은 곳에 축적된 데이터에 의존할 수밖에 없습니다. 비논리적이라고 폄하되는 직감이라도 무기로 휘둘러야 하는 순간에는 휘두르는 게 맞죠. 이성적 사고에 의한 정의로운 판단이라는 게 대체 뭡니까, 나는 웃음이 나요. 애초에 그런 판단은 불가능합니다. 우리는 결코 자신의 위상을 벗어날 수 없어요. 단지 눈을 감고, 온갖 복잡한 도구와 숫자를 들먹이며, 다른 위치에서 다른 시점으로 객관적으로 보고 있다고 믿는 겁니다. 결국 다 상상이면서, 오차투성이면서, 그런 척하는 거예요. 스스로를 속이는 일입니다. 그토록 인류의 자랑이라고 떠벌리는 합리적 도구에는 분명 한계가 있어요. 물이 엎질러지고 나서야 엎질러진 이유를 분석할 수 있는 한계 말입니다. 그 안에서 우리의 비극은 확률이거나 지난 케이스로만 존재합니다. 우리가 이름 붙이기 한참 전부터 사건은 이미 벌어지고 있는데, 그들은 주름투성이 얼굴로 죽기 직전에야 비로소 말합니다. 다행스럽게도 틀린 사람이 죽고 옳은 사람이 남았다고요, 적어도 당분간은. 그러니까 모든 게 시간문제예요, 그들은 오로지 시간만 문제예요. 그게 다 무슨 소용입니까. 당신 말대로 최 선생이 법을 어겼는지는 확실치 않아요. 하지만 말했듯이 그 법이라는 게 말입니다, 그리 중요하겠습니까? 법은 마지막 수단이고요. 그 전에 스스로를 보호해야죠. 진실이 시답잖더라도 엎질러진 물보단 나으니까. 인간의 근원적 탐구심 혹은 공포심이라고 생각하세요. 생존 전략이라고. 부디 편견을 버리세요. 마음을 열고 움직여야죠. 단순하게 생각하세요. 사람들은 그저 신경이 쓰였던 겁니다. 일단 신경이 쓰였으니 뭐든 해야죠. 그의 말에는 묘한 힘이 있어요. 뭐라고 해야 할까요, 참 이상해요. 수상하다는 말이 더 어울리겠네요. 영상을 보셔서 아시겠지만 아이에게 그런 말을 할 때 정말 농담 같지 않았어요. 그것도 아주 교묘하고 침착하게 수

년 동안 그 농담 같지도 않은 농담을 반복해 왔습니다. 당신의 아이라면 그에게 진료를 맡길 수 있겠습니까? 저는 사람들이 과민하게 반응한다고 생각하지 않습니다. 충분히 납득이 돼요. 기분이 더러워요. 행여 그가 뒤틀린 욕망이라도 가졌다면? 그때는 이미 늦은 거예요. 그런 속을 모르겠는 작자가 소아과 의사라니 소름 끼치지 않습니까?

9

그리고 뜻밖의 사실에 여론은 반전되었다. 23년 전 세상을 떠난, 최 선생의 첫째 딸아이가 '1번째 배꼽'으로 불렸다는 사실 때문이었다.

10

그는 배꼽을 잃은 부모다. (추천이 가장 많은 댓글)

11

며칠 전까지, 최 선생은 배꼽에 번호를 붙여 배꼽을 일반화하고 희롱하며 가치를 절하한 남자였다. 지금은 아이의 배꼽에 숫자를 더해 가며 산술적으로 확장되는 고통을 이마에 또렷이 새기는 남자가 되어 있었다. 여전히 최 선생은 어떠한 입장도 밝히지 않았지만, 사람들은 동요했다. 그가 고통을 다루는 방식에 어떤 신성이 있다는 듯이.

어느 인터넷 방송에서 최 선생과 같은 병원에서 근무한 적이 있다고 주장하는 옛 동료가 그의 의사 가운 주머니 끄트

머리에 연주황색 실로 박음질 된 'C.B.B'라는 이니셜을 본 적이 있다고 했다. 사람들은 죽은 딸아이를 잊지 않으려 새겨 놓은 것이라 확신했다. 다만 딸의 본명과는 연관이 없었기 때문에 딸의 별칭이라고 짐작했는데—과연 어느 문장의 앞 글자일지 의견이 분분했다—결과적으로는 'Cutie Belly Button'의 앞 글자를 딴 것이라는 주장이 압도적인 지지를 얻었다. 번역하자면, '요 귀여운 배꼽' 정도가 되겠다.

12

이 사건은 인류애에 관한 은유입니다. 그는 가장 순수하고 무결한 아이들을 재료 삼아 사회적 실험을 한 거예요. 역사 속 성인들이 그러했던 것처럼, 그는 탐구자이자 모험가입니다. 방식은 조금 독특했지만, 기발했죠. 현대적이랄까요? 그의 고상한 비밀이 밝혀진 순간에 우리 인간이 사랑과 공감을 원료로 빚어진 유기체라는 사실을 다시금 깨닫게 되었습니다. 그래요, 배꼽! 우리는 평생 독립된 개체로 살아가지만 실은 보이지 않는 탯줄로 이어진 거대한 하나의 유기체입니다. 배꼽은 증거! 배꼽은 사랑! 쇠락한 하나의 탯줄을 잘라 내고 다시 수천수만 가닥의 탯줄을 얻게 된 셈입니다. 최 선생의 고집스러운 투쟁으로 말미암아 우리는 되찾은 거예요. 보이지 않지만 분명 이어져 있습니다. 당신과 나도 마찬가지고요.

13

현대인들은 누구나 배꼽을 가지고 있다. 반면 태초의 인류인 아담은 배꼽을 가지고 있지 않았다. 그것이 우리와 그가 구별되는 점이다.

14

자기 배꼽에 번호를 매기는 일이 유행처럼 번졌다. 처음에는 우리 집에서 2번째 배꼽이니 3번째 배꼽이니 하는 수준이었는데, 점점 많은 사람 중에 자기 배꼽 번호를 알고자 하였다. 고등학생으로 알려진 익명의 개발자가 'n번째 배꼽'이라는 앱과 웹사이트를 개설하였고 누구나 쉽게 접속하여 생년월일과 이메일 등의 간단한 개인 정보를 입력하면 번호를 받을 수 있었다. 어느 유명 아이돌 출신 배우가 자기 배꼽 번호를 SNS 게시물 아래 태그한 이후로 이는 세계적인 유행이 되었다.

15

최 선생은 배꼽에 번호를 부여받은 모두를 팔로우하였다.

16

[개발자 공지 사항]

- 현재 서버 안정화 작업으로 접속이 원활하지 않습니다. 양해 부탁드립니다.
- 가입 시 입력한 이메일 주소와 생년월일은 개인 식별을 위한 용도로만 사용됩니다. 당연히 개인 정보 유출 우려는 하지 않으셔도 됩니다.

- 배꼽 번호 부여는 오로지 선착순에 의한 거라서, 먼저 가입한 사람들이 앞 번호를 부여받게 됩니다. (가끔 예기치 못한 오류로 배꼽 번호가 달라지거나 누락되는 경우가 발생할 수 있습니다.)
- 어릴 적에 최 선생에게 배꼽 번호를 받았다며, 자기 번호를 확보해 달라는 문의가 폭주하고 있습니다. 이는 형평성의 문제로 해드릴 수 없는 점 양해 바랍니다. 다른 이들처럼 앱에 접속하여 공식 배꼽 번호를 새로 받으세요. (성경에 구약과 신약이 있듯이, 리뉴얼된 번호라고 이해해 주세요!)
- 최근 협박 메일이나 악의적인 리뷰까지 감당할 수 없는 수준입니다. 좋은 일 하고 욕먹는 게 이런 건가 싶습니다. 저도 참고만 있지는 않겠습니다.
- 해당 앱은 번호를 부여하고 증명하는 역할만을 합니다. (개인 간에 번호 거래는 자유지만, 거래 중 벌어지는 불미스러운 일에 관하여 'n번째 배꼽'에서는 어떠한 책임도 지지 않습니다.)

[v1.4.2 업데이트 내용]

- 배꼽 번호 자동 완성 기능 추가.
- 음성 출력(TTS) 기능 추가.
- 14일 이상 미접속 시, 배꼽 번호가 사라지는 오류 수정.
- 타인의 활동 로그가 기록되는 오류 수정.
- 사망한 사람의 배꼽 번호를 부여받는 오류 수정.
- 기타 일부 마이너 오류 수정.

17

그가 죽었다는 말이 돌았다. 언젠가부터 병원에도 출근하지 않고 아예 자취를 감춰 버렸기 때문인데, 정말 죽어버렸는지는 모를 일이었다.

그러자 최 선생이 사라지기 직전에 마지막으로 팔로우한 어떤 여성에게 관심이 쏠렸다. 그녀는 흔쾌히 인터뷰에 응했다. 그녀는 직접 보고 들은 바가 있다는 듯, 마치 최 선생의 대리인 자격으로 이 자리에 나왔다는 듯 확신에 찬 어조로, 그가 기하급수적으로 증가하는 고통을 감내하지 못하고 끝내 극단적인 선택을 한 것이라 하였다.

최 선생의 부인은 그저 싫증이 났을 거라고 했다. 방송사에서는 실종 신고를 하지 않은 최 선생의 부인에게 거듭 인터뷰를 요청했는데, 어렵게 성사된 전화 인터뷰에서 부인은 최 선생이 증발한 게 맞지만, 현재로서는 찾을 마음이 없고, 애초에 한 번 나가면 일주일씩 연락 두절이라 찾는 사람만 바보가 된다고—괜히 성질만 버린다고—매정하게 답했다. 덧붙여 부인은 우리가 딸아이를 잃은 것은 사실이지만—몰래 다른 살림을 차렸던 게 아니라면—23년 전이 아닌 17년 전 일이라고 하였다. 그는 알려진 사실과는 다르게 기억력이 썩 좋지 않고 그렇다고 메모를 열심히 하는 스타일도 아닌 데다가, 무엇보다 싫증이 빠른 편이라고 하였다.

최 선생의 자살을 주장한 여성과 최 선생이 내연 관계라는 소문이 돌았다. 더불어 지난 인터뷰 화면에 나오는 그녀의 행동을 끈질기게 분석한 미스터리 사건 동호회의 주장에 따르면, 인터뷰 중 그녀의 시선 처리가 불분명하고 연신 자신의 백팩을 양팔로 끌어안는 동작이 반복된다며, 영 의심스럽다며, 먼저 그녀의 검정 백팩 안에 내용물을 조사해야 한다고 주장하였다. 가방 안에 최 선생의 죽음과 관련된 중요한 증거가 있을 것이라고 했다.

죽었다는 표현보다 도망이나 숨었다는 표현이 많아졌다. 퇴근 시간 지하철에서 졸고 있었다거나, 아파트 주차장에서 전방 주차를 하는 최 선생의 모습이 담긴—최 선생으로 추정되는—블랙박스 영상이 업로드되기도 했다. 마감 세일 중인 동네 마트에서 황급히 돌아다니는 최 선생을 봤다는 목격담도 들려왔는데, 쇼핑 카트 안에는 전립선에 좋은 토마토가 한가득 있었다고. 그를 추종하는 급진적 성향의 단체에 납치됐다는 주장도 있었지만, 근거는 부족해 보였다. 어쨌든 그는 자취를 감추었고 사람들은 그 사실에 익숙해졌다.

18

숫자는 줄었지만, 엄마들은 여전히 광장에 모였다. 매달 둘째, 넷째 주 수요일마다 이어진 집회에서 엄마들은—에어로빅 강사 출신 엄마의 구호 아래—경쾌한 템포의 노래에 맞춰 율동을 따라 하거나, 둘둘 셋 둘러앉아 각자 집에서 싸

온 김밥을 나누어 먹었다. 신호를 기다리는 행인이나 점심 시간에 광장 쪽으로 쏟아져 나오는 회사원 중 몇몇이 엄마들 쪽으로 눈을 흘기기도 했지만, 신호가 바뀌면 익숙한 풍경이라는 듯 개의치 않고 지나쳤다.

단상 위 중앙 스크린에는 비디오 아티스트이자—환경 운동가인 동시에 여행 에세이 두 권과 요리책 한 권을 집필한—세 아이의 엄마인 유진(가명) 작가의 〈배꼽을 메운 자화상〉이 반복 재생되고 있었다.

6분가량의 영상 속에 아이와, 아이의 엄마로 보이는 여자가 나란히 마주 보고 서 있다. 둘은 흰색 페인트가 깨끗하게 칠해진 아홉 평 남짓한 크기의 방 안에 있다. 영상이 시작되고 얼마 안 되었을 때는 엄마와 아이가 화면 가운데에 아주 조그맣게 보였는데, 천천히 클로즈업되어 어느새 확실하게 보인다. 정지한 듯 보이지만 느린 속도로 꾸준히 확대되고 있다. 엄마는 아이와 눈높이를 맞추느라 무릎을 꿇는다. 허리를 조금 숙여 아이의 배꼽을 응시한다. 아이는 주변에 어질러진 고무찰흙이나 헝겊, 레고 블록, 크레파스, 병뚜껑, 마른 나뭇가지 따위를 집어다 배꼽에—빈틈을 메꾸려—구겨 넣는다. 그럴 때마다 높은음의 효과음이 들린다—6차선 사거리에 자동차 경적이나, 물놀이용 오리 인형을 실수로 밟았을 때 나는 소리, 시각 장애인용 횡단보도 신호음, 윗집 아이들의 공놀이 소리를 묘사한 듯한—엄마는 아이의 행동을 주시하다가 빠르고 단호하게 아이를 저지

한다. 이어 배꼽에 붙은 이물질을 한사코 덜어 낸다. 어느새 아이의 쇄골 위쪽이―엄마의 경우는 콧등 중간에서부터 그 윗부분이―화면 상단에 잘려 보이지 않는다. 카메라는 묵묵히 클로즈업되어 배꼽 근처에서 벌어지는 일을 자세하게 보여 준다. 얼마간 이어지다가 화면 중앙에 희미하게 십자선이 표시된다. 화면이 4칸으로 분할된다. 분할 된 위에 다시―일정한 간격으로―가로세로선이 추가되어 16칸의 갈래가 된다. 화면에 격자무늬가 선명해진다. 칸마다 다른 이유로 엄마의 손이 분주하다. 분할된 채로 서서히 둘의 전체 모습이 보인다. CCTV처럼 앵글이 고정되어 있고 소리가 없다. 프로젝터 문제인지 의도된 건지, 노이즈로 화질이 좋지 않다. 방안이 컴컴해지고 둘의 모습은 적외선 카메라로 촬영한 듯 명암 대비가 과장되어 있다. 16칸에서 64칸으로, 개수가 꽤 많아져서 각 화면에서 일어나는 일을 분간하기 어렵다. 64칸에서 256칸, 그중 하나에 시선을 고정하면 멀어지는 듯 보인다. 점점이 작아지는 중에도 엄마는 아이의 손이 물건에 닿지 않도록 물건을 치우고 있다. 이미 여러 번 닦은 배꼽을 남김없이 닦아 낸다. 1,024칸, 아이는 박탈감에 울다가, 간지러워 웃다가 한다. 4,096, 엄마는 짜증 한 번 내지 않는다.

돌무덤의 섬 2

여인은 돌에 맞아 죽었다
사람보다 돌이 주인인 돌무덤의 섬에서
돌이 태어나 처음으로 옮긴 자리가
여인의 무덤이 되었다

푸른 바다에서 평생을 나고 자라
멍게의 노란 내장을 가졌다고 한다
도미의 연분홍 아가미를 가졌다고 한다
목과 두 볼에 사마귀처럼 박힌 진주는
셀 때마다 그 개수가 달라진다고 한다
여인이 열 달간 품었던 것은 고작
꺼먼 돌멩이였다고 한다

아이들은 돌 틈으로 죽은 사람을 구경한다
돌무덤에는 모든 잘 스며드니까
빗물이든 바닷물이든

아이들은 둥글게 난 그 길을 좋아한다

무덤 주위에는 주먹 크기의 돌이 많았다
돌멩이를 주워다 바다에 던진다
돌이 파도를 만나 훤히 잇몸을 드러내기도
스티로폼 파편이 손 인사 같기도 하다

페트병에 색색의 유리 조각을 모은다
스티로폼 더미에 누워 비춰 본다 맛을 본다
떨어진 손톱 같다고 한다 공갈 젖꼭지라고 한다
버려진 그물이 날개뼈 모양으로 나풀거린다

돌 틈 가까이 입을 대고 귓속말한다
아이들에게도 비밀이 있다
꺼먼 돌멩이가 흰 눈의 무게를 버티듯
너무 작은 메아리를 버티고 있다

여인은 사라지고 없었다
그러나 행여 무덤이 사라질까
놀이를 멈추는 아이는 없었다

거리의 개

주인을 쫓아 뛰던 개는
주인을 잃고 쫓기듯 뛰었다

왈왈 짖는 개새끼
거리의 농담

굵어진 털에
여전히 섬기는 것은
산책과 바람과
꼬리로부터 시작된

사랑, 사랑을 할수록
코너를 돌면 돌수록
거대해지는 세계

뒷모습은 잊은 지 오래다
쉰 소리로 짖어도
대꾸도 않는 개새끼

참새 다리도 뜯고
꽃은 개껌 씹듯 씹었다

허공에 뱉어지는 나의 언어
으르렁(감탄사) 왈왈(감탄사)

때로는 그대 부르튼 입술이 붙여 준
이름이 그리운 날도 있겠지만

엎어진 사료 통이 쏟아 내는 별빛을 보고도
기다리라고 말하는 검지를 가진

그대, 늘어지는 산책길에
셔츠를 알록달록 적셔 가며 울던 날에
2미터 길이로 늘어나는 손목이
피 한 방울 없이 툭 끊어지던 날에
함께 서성이었던

거리의 개

나를 먼저 앉히고
덩달아 주저앉아 안도하였던
모래와 평화가 잘 반죽 된 시멘트 계단 아래
희망이 녹물로 흘러내리는 파란 대문 앞에
나는 오줌이나 갈긴다

거기 이름을 두고 왔다
잘린 꼬리 절반도 거기 있다
(잘 찾아봐라.)

지금은 방향을 고심하던 시절을 지나
혓바닥의 탄성을 축복하는 날들
짖지 못하는 친구는 골목 안쪽에서
팽팽해지는 식탐을 현악기 삼았다

나는 옆으로 누워 벽을 세운 이들의
각진 허리를 돌고 돌아

지구의 모든 모퉁이를 정복할 참이다

뛰며 짖으며 회오리치는 꼬리와
흰자위를 살짝 드러내고

잘 봐, 이게 내
웃는 표정이야

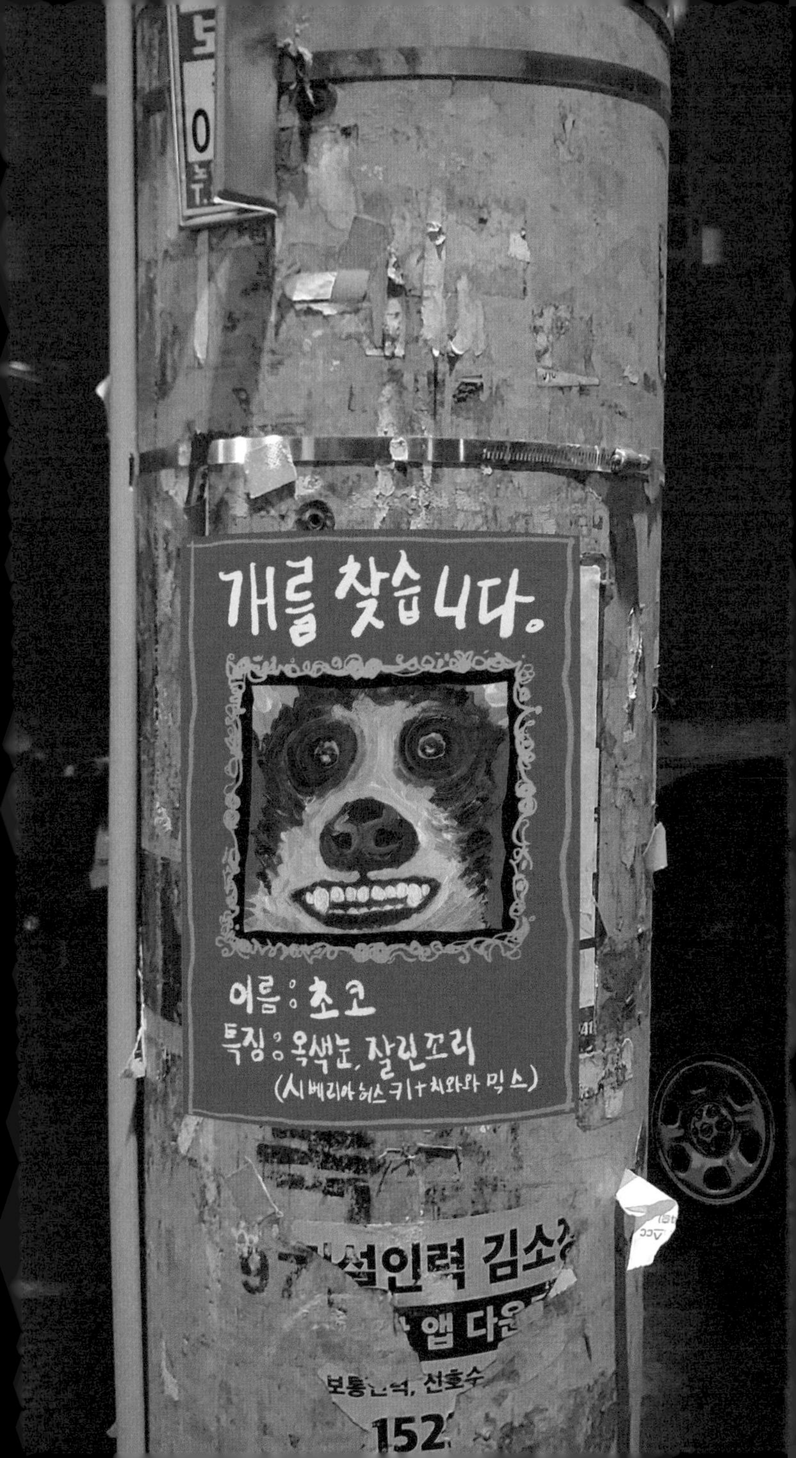
개를 찾습니다.
이름: 초코
특징: 옥색눈, 잘린꼬리
(시베리아 허스키+치와와 믹스)
설인력 김소
앱 다운
152

검지는 이제 비스킷 색이다
미끄럼틀 아래 몰래 묻어 뒀으니까
(심심할 때 꺼내 먹어야지.)

역할극

휴일이면 사람들은 그 모임에 간다
한 사람에 하나씩 가면을 쓰고 무대에 오른다
가면 앞에 쓰인 역할 명에 따라
간호사는 환자를 돌보고 경찰관은 범인을 쫓고
학생은 책상에 앉아서,

근데 누가 여기다 낙서했어!?
역할 명 앞에 새로 쓰인 형용사,
그것도 유성 매직으로!

졸린 버스 기사가 눈을 비비는 사이 도로변에 **서툰** 강도
가 커터 칼로 찌른 것은? **용한** 점쟁이가 묻는다 **지루한** 승
객이 정답을 고심하는 동안 **목청 좋은** 승객이 비명을 지
른다 **배고픈** 경찰관은 **불운한** 행인의 주머니를 뒤지고 **서
툰** 강도는 그 후로도 몇 차례 **완고한** 노인과 **굼뜬** 청년의
옆구리를 찔렀다

부지런한 시체가 도로변에 널린다

이러다 오늘 연극을 다 망치겠어요
가난한 극작가는 무대 옆 커튼을 손에 쥐고
따닥따닥 **가난한** 소리를 낸다
사람들이 대본에도 없는 말을 한다며, 더군다나 그가
피날레를 장식할 줄은 꿈에도 몰랐다

나는 아주 우울해, 나는 너무 늙었어,
우울한 용접공이 하는 말이다
그는 용접은 하다 말고 일어나 춤이나 추었다
우울한 사람이 출 만한 춤이 아니다
하긴, 용접공이 할 만한 용접도 아니었다
우울한 용접공이 출 만한 춤이면 말이 되나?

그는 오늘에야 비로소, 까지기 직전의 양 무릎에
알칼리 금속류의 **무른** 젖가슴을 붙여
인생 최고의 용접을 완성하였다!
(때를 놓치지 않고 **번쩍이는** 용접봉)

역할극

우울한 용접공은 한산해진 도로에서 바라본다
낮달 조명은 아직 **환한** 무대를 비추고 있다
노인과 노인이 붙들던 장우산은 도로변에 있다
손잡이 모양으로 **웅크린** 청년과 더불어,
소품처럼 완벽하려고 미동이 없다
다시 한번 정류장 앞에 선 **목쉰** 승객과
승객 앞에서 **속도를 줄이지 않는** 버스 기사
학생은 책상에 앉아 맥주 반 캔, 컵에 따른다
절반은 맞고 절반은 틀린 문제집
툭하면 뛰어다니는 아버지

용접공은 이제 무대 중앙까지 나와서는
머리와 엉덩이를 객석 쪽으로 흔든다
용접한 시간보다도 길게, 본 적도 없는
무반주 댄스를 선보인다

저 사람이에요, 저 사람, 잡아!

배부른 경찰관의 공포탄 소리에

일제히 웃기 시작하는 **겁에 질린** 관객들

객석에 아이도 용접공의 춤에 맞춰 노래한다

의심 많은 아이는 가면에 쓰인 형용사를

손톱으로 반쯤 긁어냈다

아이의 귀를 가리는 **눈먼** 부모

가난한 극작가의 수신호에,

서툰 강도는 **우울한** 용접공에게 달려든다

그게 연극을 멋지게 끝내는 방법인 줄 알고

0   고딕 볼드체는 **유성 매직으로 쓴** 형용사

역할극

인어가 사는 집

이런 날의 어색함에 관해 말하자면요
슬픈데 또 너무 신나서 따라 추지 않고는 못 배기는
여배우의 개다리춤 같아서요 분위기 파악도 못 하고
박자는 또 왜 그렇게 자주 틀리는지
창을 길게 문지르면서 아무 감정이나 자처하네요
저기 저 말미잘 같은 손가락들 말이에요
와이퍼 사이로 깜박깜박 지나가네요 걸음과
걸음을 닮은 걸음들 말이에요
무게를 못 이겨 만만한 곳으로
지나온 흔적은 말끔히 닦이었고요

우리는 인어가 사는 집에 관해 이야기했어요
인어가 사는 집에는 모든 가구가 젖어 있대요
뭍에서 온 사람들은 거실에서도 우산을 쓰고요
부엌에서는 눈물도 가벼운 농담도 한 가지 맛이라는데
그녀가 만든 케이크에서는 짜고 비린 맛이 날까요
집들이 선물로는 납으로 만든 부표가 어울릴까요
그래 봤자 영영 바다는 못 되겠지요

우리 어둑해지는 날의 반대로 가고 있어요
도로의 수심을 모르고 가만히
잉크 번진 초대장은 목적지를 잃었고요
택시 기사님은 익숙한 올드 팝송을 흥얼거리는데요
졸린 뒷모습이라도 밝은 길눈에 검은 권위를 가지셨지요
지나치는 것 말고는 어떤 의미도 없다고
그럼에도 묵묵히 사랑을 번복하는 신호등과
이별 앞에 멈춰 선 사람들

마중 나온 그녀가 젖은 머리를 내밀었지요
실실 떠다니는 수초처럼 웃어 보이네요
와이퍼 박자에 맞춰 손을 흔들어요
택시 창이 마련한 텅 빈 너머
부력을 얻기 시작한 반인반수
절반은 떠 있고 절반은 가라앉아 있었지요
반가움에 껴안았더니 미끄러지네요

우리는 바다 거품을 휘저어 케이크를 만들겠어요
밤새 그녀의 개다리춤을 따라 추겠어요
그토록 우스꽝스러운 이야기를
모르는 이웃의 부고 소식 전하듯 하겠어요
싱거운 눈물이라도 흘리겠어요
비처럼 짠맛도 없고 인간적인 쓸쓸함을 빼고 나면
정말 아무것도 없는 표정으로요

밤이 무르익어요
머리는 아까부터 산발이고요
컵 속 얼음이 작아질수록 천장이 높아지네요
자꾸 말을 틀려요
빗물이 방해할 리 없는데 (그야, 물속이니까)
부끄러운 마음을 불 끄라는 말로 잘못 들어요
어두워, 컵을 넘어뜨려요
카펫이 젖을 리 없는데(이미, 젖었으니까)
젖은 마음을 적어 둔 말로 대신 말려요
말이 느려져요 (그야…)

오래된 연인처럼 서로의 수분과 소금기에 익숙해져요
그녀가 슬픔에 잠길 때 먼저 젖는 부위를 알겠어요
숨 참는 내색을 하는 건 아무래도 실례겠지요

아마도 오늘이 그녀를 보는 마지막입니다
그녀는 오랜 여행을 떠날 거래요
여행 가방에는 해마 귀걸이와 다시마 줄기 스카프,
밑창이 닳지 않은 운동화와 핸드크림을 잔뜩 챙겨서요
나중에 우리 집에도 한 번 들러요
세상이 망하기 직전이 되면요, 천장이 아주 높아지다가
머리를 내밀지 않고도 일광욕이 가능한 수심이 되면요
숨지 못하는 우산 밑에 같이 숨어요
삐져나온 절반이 어색하지 않아요

인사를 마치자, 의자 아래로 녹아내려요
그물을 촘촘히 엮어 만든 커튼을 그냥 지나요

이제 이 집은 우리 차지입니다

인어가 사는 집

벌써 좁아지네요 천장은 아까부터 발목 높이고요
우리는 건조해져요 가습기라도 틀까요
가구는 모조리 버릴 계획입니다 처음부터 취향이 아니었어

어쩌면 그녀가 원했던 건 잘 말린 살가죽일지 몰라요
아침저녁으로 박박 닦아도
미끄러지는 인사에는 어쩔 수가 없었대요

비가 이토록 사나운데
우리는 하나도 젖지 않았지요

인어가 사는 집

긴팔원숭이 밤바는 나무 타기 실력이 탁월하다
밤바는 어릴 적 관람객이 던진
핫도그에 맞아 한쪽 시력을 상실했다
주위로 사람이 모여들면 밤바는 여유를 부리듯
나뭇가지에 한 팔로 대롱대롱 매달린다
(밤바가 잡았던 가지에 맨들맨들 광이 난다)
나무 타기를 선보이지 않는 시간에는
가지 끝에 돋아난 여린 잎사귀를 씹고 있다
입을 오물거리며 되뇐다

알고 보면 모두가 착한 사람
알고 보면 모두가 착한 사람

2부

먹이를
주지(던지지)
마시오

악마에 관한 오해

악마는 네가 어린 시절 아껴 두었던
금색 크레파스와 라임색 크레파스를 마음껏 쓴다
딱히 좋아하는 색깔도 아닌데

네가 남긴 생선을 화분에 심는다
고등어는 초심자가 기르기 좋고 갈치는 유려하게 떨어지는
곡선이 우아하다 굴비는 향이 오래간다

실은 나였어
네가 식탁 아래로 몰래 건네던
강낭콩과 브로콜리를 받아먹은 존재
초코가 그런 걸 좋아할 리 없잖아

악마는 네가 버린 슬픔을 아껴 쓴다
은행이 보이면 저축한다

나서는 은행 문 앞에서 난처해하며
고객 증정용 우산을 거꾸로 펼친다

너의 숨과 땀이 복리로 불어나는 날씨를 기다린다

나 한참 울었잖아
너한테 그런 사연이 있는 줄 몰랐어
온갖 변명과 욕설로 가득한 네 일기장
얼마에 팔래?

떨쳐 버릴 생각 마 요즘은 세상이 좋아
거리에 온통 거울이 많아
네가 한낮의 유리창을 지날 때
뻔히 알았잖아 거울이 아니라는 걸

멈춘 건 너야. 표정은 나고.

악마는 네가 방심한 귀갓길에
뒤를 밟는다

돌아보면,

악마에 관한 오해

실은 없었어(웃음)
(칼 들고 널 쫓기라도 할까 봐?)

어쨌든 봐봐, 네가 여기까지 어떻게 왔게
나를 듣고, 나의 반대로, 달리기를 시작할 때
너는 불면증이 없다

악마는 네가 깜박한 부엌에 화장실에
불을 잊지 않고 끈다
세 번째 서랍에 두고 까맣게
잊어버린 편지에 맞춤법을 고친다
흔들린 사진에 표정을 따라 한다

잘 생각해, 누가 관심이나 있다고
누가 그런 걸 사,
나 아니면 누가 널 흥정해
네 오징어 춤을 구경해
전전긍긍해 거울을 자처해

더러운 위장, 더러운 글씨로 빼곡한
삼백 페이지가 넘는 시집을 휴일 내내 읽어

고마운 줄 알아. 고마운 줄. 뭐라도 해. 뭐라도.
춤을 멈추지 마. 춤을. 제발.
여길 보고. 아무 얼굴이나. 치즈—

악마에 의하면 너는 잃어버리는 게 없다

이사를 몇 번 다녀도 못 버리겠더라
냉장고 앞에 붙어 있어
살구색 크레파스를 씹다 들킨 추억 한 장.

나머지는 벽지로 쓴다
친환경이란 이런 것이다

악마에 관한 오해

요즘 누가 시 같은 거 읽는다고

동물원에 한 남자가
기린 쪽으로 시집을 던지고 있다

한 권은 드럼통에 넣고 태웠고
한 권은 아파트 화단에 묻었고
한 권은 다리 위에서 하천 아래로
한 권은 씹어 먹었고

그중 한 권을 길가는 꼬마에게 건넨 혐의로
남자는 형을 기다린다

목소리는 음성 변조
얼굴은 모자이크
해주세요 내가 나인 걸
나도 모르게요

남자는 초조해 보인다
요즘 누가 시 같은 거 읽는다고-

다 알았다고 생각하는 순간 사랑은 끝이다
그래 이대로 가다가는 세상도 끝장이다

남자는 그런 주장을 늘어놓으며
혼자 뿌듯하다
아무래도 반성의 기미가 없다

아저씨 정신 좀 차려 보세요
쓸데없는 소리 그만하고
가서 밥이나 챙겨 드세요

남자는 귀가형(歸家刑)이다
돌아오는 길목에서
도무지 길을 잃을 수 없다

너의 숨소리가 가시처럼 따갑지 않고
밤마다 푹 잔다

요즘 누가 시 같은 거 읽는다고

컴컴해진 체육공원을 걷고 싶지 않다
요즘 누가 시 같은 거 읽는다고-

　　　그럼 아까 목에 걸린 종이 쪼가리는 어쩔 건데?
　　　　　내가 못해도 삼십 번씩 씹으라고 했지
　　　　　　　눈에 들어간 잿가루는?
　　　　　아무나 그렇게 쳐다보지 말라니까
　　　너를 모르려고 울음까지 뚝 그치던 꼬마는?

남자는 잠자코 듣는다
천장에 갈겨쓰는 쌀 나방의 글쓰기가 평화롭다

사소한 인기척에도 소화 불량에 시달리는
푸석한 등을 두드려 주고 싶다 칠칠치 못하게
흘리고 다니는 그림자까지 말끔히
닦아 줄 수 있다

그러나 너는 티슈를 빠져나온다

곧이어 남자를 심문한다

(형광등 불빛을 어지럽게 흔든다)
(주저리 늘어놓는 자백을 받아 적는다)
(마침표를 찍어 댄다)

그래 기억이 날 것도 같다
시집을 누가 가져갔는지

(부르튼 주둥이 같은, 티슈는 벌어진 채로)

그러니까 기린은 목이 기니까

목구멍이 길다
숨구멍이 길다
혀도 길겠지

기린은 구경꾼들이 던져 주는

쉬운 이름을 족족 받아먹는다
지붕 없는 집에 세 들어 사는 반라의 여인처럼
툭하면 기지개를 켜고 늘어지게 하품하면서 온종일
기린이 하는 일이라고는 길어지는 일이다

그림자가 키를 훌쩍 넘는 오후에
엄마 손잡고
집에 가기 싫은 꼬마야,

인류에게 남은
마지막 희망은 기린! 기린이다

저거 봐, 먹는다.

기린은 목을 구부려 시집을 핥고 있다

　　　　아 이것이 마음의 양식이라는 거구나

긴 혀로 한 장씩 책장을 넘길 때마다
혈압이 낮아진다

옆으로 누우면
모르는 길보다 길다

참치 떼

처음 본 순간 사랑에 빠진 건 아니었어요. 그는 고리타분 하고 특별할 것 없었죠. 하지만 모든 사랑 이야기가 그러 하듯, 얼마 지나지 않아 그는 나의 유일함이 되었습니다. 그러고 나서는 모든 것이 수월했어요.

"아무쪼록 나를 믿어야 해, 너에게 나는 가장 좋은 방법 이야."

프러포즈는 형편없었지만 신혼 생활은 나쁘지 않았어요. 우리는 바닷가 근처에 집을 마련하고, 매일 소라와 명란 을 아낌없이 넣은 크림 파스타와 쫄깃한 식감의 문어 카 레, 그의 창의력이 돋보이는 해삼 된장찌개를 지겹도록 먹었죠. 날이 좋으면 수영을 하고, 섹스를 하고, 허브차를 내려 마시며, 서로를 살피는 일에 몰두했어요.

"이제 조금 자신이 생겼어. 우리 아이를 가지고 싶어."

그 말이 나를 떠나겠다는 선언임을 알지 못했죠. 어느 날의 복통에 쏟아져 내리는 아이들. 그들은 참치 떼예요, 빨간 뱃속에서 잘도 헤엄치는. 찢어질 듯 아팠지만 멀리 헤엄치는 모습이 보기 좋았죠. 사진도 몇 장 가지고 있어요. 여기 보라고, 여기 좀 보라고, 목이 터져라 소리쳐도 한번을 안 돌아보더라고요.

"그래 조심하고, 도착하면 연락하고, 끼니 거르지 말고 챙겨 먹어. 그리고 언제든, 시간이 충분히 지나고 나면, 다시 나를 보러 와 주겠니?"

나는 바닷가 집에 홀로 남겨졌어요. 그리운 아이들, 파닥파닥 거실 바닥에 하이 파이브 하던 추억. 온 집안에 비린내 가득했었는데요. 싱크대에 지느러미 긁히는 소리는 칭얼거리는 소리 같았고요. 어디서 밥은 잘 먹고 다니는지. 부모 마음이 다 그렇습니다.

"아픈 데는 없고? 첫째 둘째 셋째 넷째 다섯째 여섯 일곱 여덟 아홉…. 모두."

참치 떼

실은 잘 기억나질 않아요. 부모라면 아이들 마지막 얼굴 정도는 기억해야 하는데 말이에요. 동물도감 펼쳐 놓고 따라 그려 보곤 해요. 늘어진 파랑과 미소 짓는 빨강, 햇살에 반짝이는 진물 같았던. 이제야 생각나네요, 흐리멍텅하기도, 부릅뜨기도 하던 땡그란 눈, 반으로 툭 자른 방울토마토 같았죠.

"항상 조심해야 한단다. 특히 새들에게 잡아먹히지 않도록 조심하렴. 정말 상상만 해도 끔찍하구나. 그렇게 될 바엔 차라리 통조림이 되는 게 낫겠어. 오래 상하지 않게."

참치 속살이 피처럼 붉은 건 쉬지 않고 헤엄쳐서 그런 거래요. 어쩐지 자장가 불러 줄 때도 곧 죽을 듯이 헐떡거렸죠. 참치 등이 바다처럼 푸른 건 새들을 속이려고 그런 거래요. 이건 오랫동안 비밀이었는데요, 소문이 돌고부터는 바다로 뛰어내리는 새가 부쩍 많아졌어요.

"걱정 마세요, 어머니. 죽을 만큼 힘든 일이 많았지만요. 지나고 보니 별것도 아니었어요. 지금은 마음 편히 지내요. 아무렴, 다 괜찮아요. 이제 어떻게 되든 상관없어요. 혹여 나를 오해하는 자들을 위해, 더 우스꽝스러워질 생각이에요."

기쁨과 슬픔을 반복하다 보면 마지막엔 어떤 표정이 되는 걸까요? 그러니까 그날 아이들의 표정은, 표정은 마치… 우리 아이들은요, 몸이 3미터까지도 자라고요, 가르쳐 준 적도 없는데 헤엄도 아주 잘 치고요, 부위별로 맛도 달라요.

"바다가 무섭다는 생각은 안 해요. 생각해 보면, 어머니 자장가 소리가 제일 큰 공포였거든요."

아니에요, 저 입맛 다신 거 아니에요. 정말 아닌데. 그래요, 고백하자면 온 집안이 엉망이 되도록 말썽을 피울 때는 따끔하게 혼을 내야 하는 건지, 먹어 치워야 하는 건지, 고민도 많았죠. 내가 낳았지만 영락없는 참치였거든요. 물론 지금은 깊은 모성애를 느낀답니다. 참치보다 커다란 물고기나 새가 주인공인 동화책은 죄다 불태워 버릴 만큼.

그래도 참치인 게 다행이지. 옆집 굴 소년[0] 얘기 들으셨죠? 맨날 방에 틀어박혀 있으니까 그런 끔찍한 일을 당하지. 씩씩한 우리 애들은 체육 시간을 제일 좋아했어요. 보세요, 그러니까 멀리, 먼바다로 나갔잖아요. 눈에서 멀어지니까 군침도 안 돌아요.

"그래도 그때가 좋았어요, 사랑하는 어머니. 무섭기도 했지만 간지럽기도. 목욕 중에 우리가 거울에 비치면 금방 웃음이 터졌잖아요. 요즘엔 그 시절 이야기를 하면 다들 하품부터 해요, 언제 적이냐고. 이제 우리는 바다만큼 넓은 아량을 가지게 되어서요. 지난 기억은 기억도 못 해요. 그러니까 우리는 헤엄치는 일 말고는요, 어머니, 저는 헤엄치는 일 말고는 불구에 가까워요."

우리 아이는 여행 중인 걸까요, 도망 중인 걸까요. 어젯밤 꿈에는 호기심 많은 새가 날아왔어요. 등을 꿈틀거렸더니 부리로 푸른 등을 콕 찍어 빨간 속살을 콕콕 쪼아 먹었답니다. 배불리 먹은 새는 나긋하게 말했어요. 언제나 싱싱했으면 좋겠다고. 그러니 제발 헤엄을 멈추지 말아 달라고.

찢어죽일놈들,모가지를콱비틀어통구이를만들까보다.

걱정되는 마음에 인터넷에서 꿈해몽도 찾아봤죠.

참치 먹는 꿈: 애정운이 좋아진다. 직장에서 승진하거나, 건강을 회복하는 꿈.

아마도 좋은 징조인 것 같아요.

0   팀 버튼의 동화 〈굴 소년의 우울한 죽음〉을 모티브로 작성되었습니다.

참치 떼

반려동물

식탁

이제 이 집에는 여자와 나, 둘뿐입니다. 커다란 집은 아니지만 둘이 살기에 충분한 크기입니다. 물론 한때는 공간이 턱없이 부족할 만큼 물건과 사람들로 넘치는 때도 있었습니다. 그러나 꽃과 속임수만으로 화려한 그림이 그러하듯—그림은 식탁 옆에 여전히 걸려 있습니다—결국 감흥이 사라져 본체만체하는 게 당연해지는 것입니다. 처음부터 여자의 취향이라고는 할 수 없었던 옷과 가구, 싫증 난 사람들, 무엇보다 여자의 행동반경은 뻔해졌습니다. 지금은 쓰지 않는 방이 여러 개 있고, 기억하기에 몇몇 전등은 몇 달째 켜졌던 적이 없습니다. 식탁에는 의자가 남아돕니다. 여자는 언제나 같은 자리에서 밥을 먹고, 나는 의자에 오르는 일에 그다지 흥미가 없기 때문입니다. 그렇다고 남는 의자를 내다 버리길 바라는 건 아니에요. 나는 장판에 뿌리라도 내린 듯 미동 없는 의자 다리들이 시간별로 만들어 내는 그림자를 보느라 시간 가는 줄 모릅니다. 수직의 다리들은 그림자를 도구 삼아 햇살을 가두는 방법을 적어도 수십 가지는 알고 있습니다. 때로 그들은 너무 오래 휴식을 취한 군인 같아요—부서진 회벽에 걸터앉아 뻗은 다리 위치나 바꾸는—나무 밑동에 던질 자갈이나, 풀밭을 해코지할 나뭇가지, 야한 농담까지 죄다 바닥나서 위협적으로 보이지 않습니다. 나는 가만히 그들이 뒤척이는 모습을 봅니다. 저 타다 만 자국들, 은근히 달라지는 다리의 영역을 노련하게 피해 여자에 닿는 놀이를 합니다. 나는 하루의 대부분을 식탁 아래 엎드린 채, 소리만으로—여자의 소리가 있는 한 굶어 죽을 때까지 여기 있을 수도 있습니다—여자의 위치를 확신합니다. 촘촘한 너머로, 이 집에서 유일하게 살아 움직이는 여자의 발가락을 봅니다. 그리고 곧잘 참을 수 없는 마음이 되어 버립니다. 저것을 가질 수만 있다면! 그 정도는 나한테는 별것도 아닙니다. 벅차오르는 자신감에 몸이 근질거립니다, 단숨에 뛰어올라 저들을 제압할 수 있습니다. 나는 꿈틀거리는 발가락이 목구멍을 타고 넘어가는 상상을 합니다. 말랑거림과 동시에 강한 생명력을 가진 저 귀여운 것의 숨통을 단숨에!—아니, 너무 빨리 끝나지 않도록 서서히—끊어 버리는 상상을 합니다. 행여 놓치는 실수가 없도록 두 앞발의 믿음직스러운 발톱으로 움켜쥐고, 움직임이 아주 느껴지지 않을 때까지 깊은 곳으로 그들을 데려가는 상상을 합니다.

당연하게도 이 집에서 나에게 밥을 주는 건 여자가 유일합니다. 여자는 나를 먼저 챙긴 후에 자신이 먹을 음식을 식탁에 올립니다. 여자가 밥을 먹는 속도는 나에 비하면 터무니없을 정도로 느린데, 어쩌다 이런 순서가 당연하게 되었는지 이해할 수 없습니다. 나는 일찍이 밥을 먹어 치우고 여자를 쳐다봅니다. 나는 딱히 할 일도 없습니다. 나에게는 여자가 유일한 흥미입니다. 한 입, 두 입 음식은 줄어드는데 여자는 즐거운 내색 한번 없습니다. 여자는 기쁨을 잊고 슬픔도 잊고, 남은 거라고는 대단치 않아 보이는 식탐이 전부입니다. 한때는 무척 아름다웠을 여자. 이제는 푸른 홍조를 가지게 된. 적갈색 모래와 바위로 둘러싸인 협곡을 극적으로 탈출한 깡마른 입에 나오지도 않는 젖을 짜내며, "내 사랑, 내 하나뿐인!"이라고 외쳤을 여자. 여자는 식탁에 떨어진 빵 부스러기를 손가락 끝에 눌러 묻힙니다. 머리에 흩어진 갈래를 한 움큼 쥐어 제법 굵은 줄기를 만들기도 합니다. 나는 배가 고파. 나는 머리가 이렇게나 많이 자랐어. 여자는 식탁을 화장대처럼 사용합니다. 빗질하다가 떨어지는 머리카락을 한 올 한 올 집어 가면서.

소파

하루 중 이 시간을 가장 좋아합니다. 여자는 소파에 앉아 TV를 보고 나는 여자가 손을 뻗기만 하면 닿을 반경에 자리를 잡습니다. 여자는 특히 여행 프로그램과 오래된 전쟁 영화를 즐겨 봅니다. 여자와 닮은 구석이라고는 없어 보이는 풍경과 말투, 여자와는 전혀 다른 이유로 움직이는 사람들을 훔쳐보는 게 어떤 위안이 되는지 도통 모르겠습니다. 나는 궁금하지 않은데, 여자는 먼 나라의 생경함이나 낡은 전쟁터에—뿌연 화질로 보이는—잔인을 다짜고짜 나의 귀에 속삭입니다. 나는 간지러움과 성가심에 여자의 입술을 밀어내지만, 나의 짜증 섞인 뒤척임이 무슨 호응이라도 된다는 듯 여자는 더욱 적극적으로 달려들어 귓속말을 멈추지 않습니다. 어찌 됐든 우리는 평온한 상태입니다. 들이미는 여자의—뿌연 화질로 보이는—얼굴과 밤이 깊어질수록 당기는 힘이 세지는 쿠션에 파묻혀, 무료한 마녀의 저주에라도 걸린 듯 정신없이 뒤바뀌고 번쩍이다가 일순간 차분해지는 장면을 봅니다. 아무래도 눈을 뗄 수 없습니다. 나는 TV의 요술에 색을 빼앗겨 어스름해지는 여자의 눈을 봅니다. 실은 눈은 중요하지 않습니다. 여자의 눈꺼풀에 돋보이는 질감과 눈 주위로 번지는 빛깔 때문에 저것을 사랑하게 된 것입니다. 여자가 무언가 보고 있으면, 나는 얼핏 멈춘 듯한 여자의 동공을 중심으로 일렁이는 그림자에 매료됩니다—달빛의 원리대로, 그보다 역동적으로, 아낌없이 색을 쓰며—그렇다고 저것을 사냥하고 싶은 건 아닙니다. 나는 흔들리는 모든 것에 달려들지는 않습니다, 나를 도발한다 해도 흥미가 없습니다. 사랑한다고 다 먹고 싶은 건 아닙니다—더구나 맛있어 보이지 않아요—식탐에 질 때가 많지만 지금은 아닙니다. 여자처럼, 나 또한 저것을 오래 들여다보고 싶을 뿐입니다.

여자가 TV 리모컨을 쥐고—본격적으로—옆으로 몸을 돌려 소파에 기대어 앉습니다. 나는 이때다 싶어, 안쪽으로 말린 여자의 배와 가슴과, 접혀 올라온 허벅지 사이에, 문득 여자의 무게로 움푹 꺼지는 소파의 중간 지점에 몸을 던지듯 머리부터 충분히 비집은 후, 180도 몸을 비틀어 미끄러지듯 엉덩이를 들이밀고, 그러는 사이 다시 머리를 바깥으로 하여 자리를 마련합니다. 싫지 않은 여자는 자리를 조금 더 내어 주고, 이어 습관적으로 나를 쓰다듬습니다. 특히 뒤통수에서 목덜미로 이어지는 부위의 가죽과 털을 한꺼번에 쥐었다가 놓기를 즐겨합니다. 한 가지 불만이라면 여자는 나의 모든 면을 쓰다듬기를 꺼린다는 점입니다. 늘 조심스럽고, 충분히 만족하기도 전에 그러쥐다 맙니다. 손을 뿌리치고 싶을 만큼 심술이 나는 건 아니지만, 어쨌든 여자가 나의 입장을 고려한다면 보다 동물적인 상상력을 발휘해야 한다는 말입니다. 여자와 달리 나는 거의 모든 부위가 털로 덮여있고, 더구나 털은 나에게 외모이자 언어니까, 최대한 골고루, 의무와 반복이 아닌 대화를 주고받는 행위로써 애무하기를 바라는 것입니다. 하지만 그런 바람은 별 소용없습니다. 이리저리 자세를 바꾸는 등 갖은 노력에도 불구하고 여자는 자기 신체 중 유일하게 털이 풍성한 부위를 쓸어내리듯 나의 뒤통수와 목덜미를 쓰다듬는 것으로 소신을 다했다 여깁니다—그러면서 선심 썼다는 듯, 고마운 줄 알라는 얼굴이에요—가끔 신경질적인 소리로 불만을 토로하는 나에게 여자는 속삭입니다—그럴 때 여자의 음성은 사뭇 느리고 폭력적입니다—여자의 심정을 알 만합니다. 언젠가 그녀에게도 털이 풍성하게 있었겠죠. 지금은 수천 가닥의 털과 맞바꾼, 몇 안 되는 단어를 조합하여 나를 약 올립니다. 나의 털은 억세고 보잘것없다고 합니다. 얼고 녹기를 반복하는 하프물범의 콧수염이나 아타카마 사막을 거니는 낙타의 속눈썹 같은, 그럴싸한 비유를 하는 것도 아닙니다—그게 뭐 대수라고—여자는 낡은 플라스틱 빗자루나 부서진 형광등 조각 따위를 들먹입니다. 못해도 백 년은 더 살아야 나의 볼품없고 쓸쓸한 빛깔의 털을 마음껏 쓰다듬을 수 있을 거라고 합니다. 그 정도 시간을 거치면 비로소 수천 갈래의 손금을 가지게 되어서, 서슴없이 빳빳한 등과 배를 쓰다듬어도 아무 상처도 나지 않을 거라고 합니다. 내가 아는 한 여자가 간절히 바라는 한 가지입니다.

현관

여자에게는 미안한 일이지만, 나는 밤이면 울며불며 떼를 부릴 때가 종종 있습니다. 그렇다고 여자를 산책에 인색한 주인이라고 생각해서는 안 됩니다—우린 하루도 빠짐없이 산책합니다—도대체 내가 왜 이러는 건지, 야행성 동물인 단순한 이유일 수도 있고, 배가 너무 고픈데 홀로 깨어 있다는 사실을 견딜 수 없어서 일 수도 있습니다. 더구나 그 시간에 창 너머에서 풍기는 냄새는 낮의 그것과는 전혀 다른 부류입니다. 나는 귀를 돌려세우고 현관 밖의 수상한 소리를 듣습니다. 나를 철부지라고 생각할 수도 있습니다. 하지만 대부분의 시간 동안 나는 꽤 얌전한 편이고, 고약한 습성을 고치려 노력을 안 해 본 것도 아닙니다. 나도 괴롭기는 마찬가지입니다. 스스로를 달래며—베란다 타일에 배를 깔고 열을 식히거나 부엌에 돌아다니는 비닐을 씹는 식으로—몸을 구석에 얌전히 두는 밤에는 곧잘 죄책감에 시달리게 됩니다. 나에게는 직무 유기나 다름없습니다. 안개처럼 한 겹씩 더해집니다. 방심한 틈에 피어납니다—낮잠 시간도 아닌데—희뿌옇게 눈이 감겨 옵니다. 온 사방이 어쩌면 살구와 청포도 젤리 향으로 가득합니다. 낯선 공기에 몸이 떨립니다. 나는 현관에 앞발을 대고 서는 것으로 최소한의 의무를 다합니다. 발톱으로 현관을 긁다가 내 울음보다도 서글픈 소리에 놀라 뒷걸음치기도 합니다. 질려 버린 여자가 홧김에 문을 열고 나의 엉덩이를 밖으로 떠밀면, 주춤거리다가 굳이 한 바퀴를 뱅글 돌고는, 화장실 앞 발 매트에 몸을 바짝 엎드립니다. 나는 조금은 억울한 기분이 되어 현관을 올려다봅니다—귀로는 여자의 소리를 듣습니다—서러움을 토로하듯 입을 앙다문 채로 약하게 울기도 합니다. 하지만 결국에는 발 매트의 네모진 안쪽에서 턱을 완전히 붙인 채로 꿈쩍하지 않습니다. 나는 그 축축하고 포근한 감상 또한 포기할 수 없습니다. 내가 여자를 두고 어딜 가겠습니까.

냉장고

반려동물

여자는 때로 들뜬 기분이 되어 필요한 목록은 생각도 않고 마트에서 쇼핑을 합니다. 그러나 커다란 냉장고를 빼곡히 채우기에는 늘 역부족입니다. 며칠이 지나면 여자는 금세 떨떠름한 표정이 됩니다. 그들은 계획한 것보다 한참을 더 살기 때문에 신선한 재료들은 몇 번이고 못 먹을 지경이 됩니다. 유통 기한 지나 다시 공백이 되는 마음에 어쩔 줄 몰라 합니다. 나는 냉장고 문 앞에 여자를 봅니다. 차가운 조명에—식재료와 마찬가지로—해쓱해진 몸을 절반 정도 드러내고 있습니다—그렇다고 냉장고 문을 닫기를 바라는 건 아니에요. 나도 기분이 나아져요. 서늘한 공기를 마다할 짐 승이 어디 있겠습니까—여자는 손을 뻗어 재료를 골라내는 일에 골몰합니다. 어느 신실한 교인이나 수면 부족에 시달리는 사업가가 그러하듯, 경계를 넘나드는 일에 흥미를 느끼는지도 모릅니다. 낮은 온도에서 시간은 굼뜨게 흐르고, 이러한 원칙이 대부분의 재료에 적용된다는 사실이 구원까지는 못 되어도 적당한 대안이라고 여길지 모릅니다.

신을 믿거나 냉장고를 믿거나 똑같아, 생을 최대한 늘리는 거—죽어서도 죽은 지 모를 만큼—느려지는 거. 높은 곳을 산책 중이던 하나님이 발을 헛디뎌 여기까지 떨어진다면? 질겁한 얼굴로, 공포와 경외의 심정으로 덜덜 떨려오는 손에 뼈와 살을 공평하게 나누어 받은 사람들은, 서둘러 그를 냉동실에 넣는다. 그러니까 신실한 마음으로 성분표를 곱 씹고, 유통 기한이 무서운 줄 알아야지. 그게 기도만큼 중

요해. 잘못하면 하나님도 썩어.

하지만 나는 바보가 아닙니다, 아무 말에나 속지 않습니다. 나는 신을 안 믿지만, 냉장고는 그보다 못 미덥습니다—가장 못 미더운 건 멍청한 말을 지어내는 여자고요—여자는 스스로를 위로하는 방법을 모릅니다. 그래서 내가 필요합니다. 나도 아는 걸 여자는 모릅니다. 여자의 냉장고는 넉넉한 빈자리 외에는 자랑거리가 없습니다. 성능이 뛰어난 것도 아니고, 그러면서 새벽마다 소리는 어찌나 요란한지. 무엇보다 여자가 즐겨 먹는 냉동 새우와 아이스크림, 껍질을 벗긴 위에 다시 랩을 씌운 양파와 당근, 무염 버터, 가지런한 달걀과 색색의 소스들, 제로 콜라, 먹다 남은 음식과 진공 포장된 비닐 팩에 어느 동물로부터 가공된 부위가 여자에게 위로가 될 리 없습니다—나는 살아 움직일 적이 눈에 아른거릴 정도로 싱싱한, 죽은 지 얼마 안 된 게 좋은 식재료라고 생각하는데, 그들은 딱 봐도 죽은 지 오래됐어요—나는 새로운 식재료를 구하기 위해 마트로 달려가는 여자를 뜯어말리고 싶습니다. 그냥 여기서 조용히 굶어 죽자고 말하고 싶습니다.

식탁

여자의 식탁은 사치와 허영으로 빼곡합니다. 방치된 물건들은 제사상에 차려진 음식처럼 모양은 제각각이지만, 냄새는 차이가 없어요. 여자가 다른 데 한눈을 팔고 있을 때면 나는 단숨에 식탁 위로 뛰어 오릅니다. 보란 듯이 기지개를 한번 켜고, 어지럽힌 물건을 가로지릅니다. 컵과 가위를 넘어뜨리지 않습니다. 몸통을 말아 올린 채—오른 뒷다리를 털어 내며—가벼이 머리 끈을 넘습니다. 원형 접시의 테두리에 일부러 발등이 닿게 하는데, 이는 영혼에 생기를 부여하는 의식 중 하나입니다. 동시에 코를 살짝 추켜올려 실쭉거리며 지나갑니다. 택배 상자 모서리에 옆구리를 대고 질릴 때까지 있습니다. 눈이 감길 때까지 반들반들한 테이프를 핥습니다, 영수증 냄새를 맡습니다. 과자 봉지 속에 코를 슬쩍—머리까지—넣어 과일 껍질의 시큼한 냄새를 확인합니다. 뒷걸음칩니다. 뒷걸음치다 노트의 끄트머리를 밟아 자국이 남았지만, 이 정도는 괜찮습니다. 여자는 나에게 고마워해야 합니다. 여자의 낙서에 관심을 보이는 건 나밖에 없으니까. 때로는 여자가 미처 못한 말을 내가 한다는 생각이 듭니다. 무책임한 여자와는 다르게, 나는 그들을 살아 있게 합니다. 일부러 펜을 건드려 튀어 오르게 합니다. 펜은 식탁 가장자리로 구르다 포크에 걸려 멈춥니다. 여자 몰래 물어다—나만 아는 비밀 장소에—숨긴 물건도 여럿 있지만, 여자는 꿈에도 모를 겁니다.

비닐과 종이와 유리컵, 자기 자리가 있었던 물건들과 아직은 결정하지 못하여 얼마간 식탁에 머무는 물건들이 지금은 여기 다 있습니다. 여자는 미루고 미루다 마지막이 되어서야, 새로 무언가를 올려 두지 못할 지경이 되면 비로소 어질러 놓은 사건을 한데 모아 평균값을 낼 것입니다. 물론 사흘도 채 안 돼서 식탁은 물건들로 다시 넘쳐날 거예요. 이게 다 뭐냐고, 무슨 소용이냐고, 한심한 여자라고 생각할 수도 있지만, 추위에 약하고 더위도 못 견디는 여자가 끈적거리는 목덜미와 갈라진 손등으로 멀쩡한 벽지를 새로 바르는 모습을 한 번이라도 봤다면, 그런 쉬운 소리는 못 합니다.

말끔해진 식탁에 앉은 여자가 무언가 쓰기 시작합니다. 어쩌면 나에게 쓰는 편지일 거예요. 글을 쓰는 이따금 나를 살피지만, 관심 없습니다. 나는 편지를 읽어 볼 일 없고, 다만 튀어 올라, 마음대로 움직이는 손과 여자의 새 물건 사이를 헤집고 다닐 생각에 몸이 근질거립니다.

편지

여자는 아침마다 집을 나섭니다. 나는 그런 일과가 슬프다고 생각하지 않습니다. 저녁이 되면 여자는 돌아올 것입니다. 외로움을 많이 타는 나를 위해 머리맡에 편지를 두기도 합니다. 여자가 쓴 문장을 알아볼 수 없지만 그 편지가 나를 보살피는 방식 중 하나라면—내용이 뭐든 간에—유언장은 아닐 테고, 안부 인사 정도일 것입니다. 뜻도 모르는 편지가 답답하지는 않을까 생각할 수도 있습니다. 사실 편지는 아무것도 아닙니다. 여자는 시시때때로 알 수 없는 말을 중얼거리니까요. 그럴 때마다 나는 입을 살짝 벌리고 환호할 준

비를 합니다. 여자가 꺼내는 한마디 한마디가 수수께끼가 되지만, 나는 틀린 대답을 수백 번이라도 할 수 있습니다. 우리에게 오해는 장난 거리가 된 지 오래입니다.

현관

여자가 외출에서 돌아올 시간이 되면 나는 문이 열리기도 전에 알아차립니다. 현관 반대쪽에서 여자가 복도를 두드리는 소리는—여자의 수수께끼 같은 말과 마찬가지로—뜻밖의 문장이 됩니다. 서부 영화의 마지막 등장 씬처럼 먼지투성이의 복도에 흥분과 긴장이 감돕니다. 절기마다 축제를 벌이는 허영 가득한 황제의 행렬처럼 이토록 북소리와 피리 소리가 요란합니다—환희와 신비와 아름다움과 등등의—이제는 여자가 쓰지 않는 단어들이 그 순간 귀에 또박또박 들립니다. 나는 가진 모든 것을 걸 수도 있습니다. 나는 확신의 의미로 현관을 날카롭게 긁습니다.

버터 칼

여자는 나를 친절로 대해 주었습니다. 그럴 필요까진 없었는데, 얼버무리는 잠꼬대에 성심껏 대답해 준 것도 같습니다. 대답마다 작은 변주를 주어 꼭 자장가처럼 들렸습니다. 나는 그에 대한 보답으로 여자의 퉁퉁 부어오른 목을 핥아 줍니다. 나는 손이 없으니까, 이것을 쓰다듬는 것이라고 할 수 있지 않을까요? 나는 여자가 기대하는 정도로—숨통을 고통 없이 끊어 버릴 만큼—강인한 턱을 가진 것도 아니라서, 아마 이 정도가 내가 여자에게 해 줄 수 있는 최선입니다.

버터 칼이면 충분합니다. 여자를 죽이는 데에는, 버터 칼 하나면! 놀라 까무러치며 피를 뿜어 대는 죽음만 있는 게 아닙니다. 늙고 지친 이를 애달파하다가 끝내 외면하는 죽음만 죽음이 아닙니다. 한 겹씩 향과 멋이 사라지고, 다 늙기 전에, 깜짝 놀라기도 전에, "당신의 무른 두 볼, 몇 입 떠다 맛보았으니 남긴 목숨이 아깝지 않다." 선언하는, 여유 넘치는 마음이면 충분합니다. 여자는 일찌감치 죽었을 것입니다. 여자와 더 놀고 싶은 내가 없었다면.

아직 눈 못 뜬 여자의 얼굴이 밝아 옵니다. 광택이 사라진 금박의 포장지처럼, 여분의 여자를 감싸느라 구겨지고 기름에 절어 찢기기 전이에요. 손으로 잡기엔 찝찝하겠지만, 나는 손이 없으니까 상관없습니다.

계단

우리는 오래된 전쟁 영화를 보고 있습니다. 군인들은 더운 나라에 더운 숲길을 걷습니다. 평화인지 낙담인지 모를 얼굴로 느긋하게 걷습니다. 땀에 절은 군복을 반쯤 풀어 헤치고, 어디에 뒀는지 총도 칼도 없어 보입니다. 폐허가 된 마을에 와서야 쉬는 장면입니다. 누울 자리는 없더라도 걸터 앉을 자리만큼은 널리고 널렸으니까, 목도 축이고, 애인의 사진도 꺼내 봅니다. 비명이나 포탄 소리가 드문드문 멀어지고, 풀벌레 소리 만연해지는 저녁이 되면 살아남은 이들은 오래전에 아문 총상에 물을 붓습니다. 아직 열기가 남아 있다며 옆 전우의 손을 가져다 온도를 확인시킵니다. 더러운 손으로 더러운 담배를 나눠 피웁니다. 그들은 발가벗고 수영을 하거나, 돈만 쥐여 주면 멋진 춤을 선보이는 고향의 댄서들과 빙글빙글 춤이나 추고 싶습니다. 나는 그들을 이해할 수 없습니다. 나는 베란다에서 박새를 쫓았던 겨울이나 여자의 베개를 독차지했던 오후를 떠올립니다. 그들은 입안 가득 욱여넣었던—일그러지는 표정을 참을 수 없었던—덜 익은 포도송이를 한 번 더 맛보고 싶고, 나는 햇살에 엎드려 종일 털을 돌보고 싶습니다. 손수 머리를 깎아 주는 애인의 가위질 소리를 듣고 싶습니다.

여자와 나는 약속을 했습니다. 훗날 저기 저 마을에 가장 높은 건물에 오르기로. 그 위에서 지붕 없는 마을을 내려다보기로. 약속을 맺는 중에도 여자는 나를 쓰다듬었습니다. 나는 쉽게 잠이 들었습니다. 나의 배꼽이 꼭대기라면, 빙글빙글 돌려 말하는 여자의 말투는 나선의 계단을 오르는 구두 소리 같습니다. 어지러워진 여자는 주름진 회벽에 손을 딛습니다. 계단을 오를수록 나의 위장은 거대해지고 여자는 손금이 늘어 갑니다. 마지막에는 놀랄 만큼 매끈해져서—부드러워져서—맨 아래까지 단숨에 미끄럼 타고 내려오자는 약속이었습니다.

                                                    돌돌이

털은 털로서 완벽합니다. 털은 죽은 세포라고 하던데, 말하자면 처음부터 죽은 채로라서 시간이 간섭을 못 하는 거죠. 털로 덮여 있는 것들은 멈춘 시간의 장막을 두르고 있는 것입니다. 시체 더미 속에서—눈만 깜박거리며—죽은 척 중인 패잔병처럼, 나 여기 있어. 실은, 이 속에서 늙어 가. 아무도 모를걸. 인간 나이로 치면 70이 훌쩍 넘은 나이지만, 여자가 여전히 나를 애기 취급하는 건 그런 이유에서 일 겁니다. 내 진짜 모습을 못 봐서.

아깝긴 하지만, 여자라면 괜찮습니다. 나는—선심 쓰듯—말합니다. 당신도 줄까요. 이러면 좀 낫나요? 돌돌이를 들고 나를 노려보는 여자에게. 날리는 털 속에서, 외투와 소파에 잔뜩 붙은 털을 떼어 내느라 분주한 여자가 젊어집니다.

나의 좀비 친구

우스운 걸음걸이에 달아나기만 한답니다
꿈 깨자마자 마음 사라지고 몸은 방 안에 그대로랍니다
가까이서 풍기던 냄새부터, 오래된 상처부터 그렇게 된답니다
중요하지 않은 것들이 걸어, 걷는 거 말곤 할 일도 없답니다

여름이 두 번 지나고 볼에 검푸른 꽃 피고 졌다 합니다
새벽 젖은 공기에 색색의 벌레들 낮게 난다 합니다
그런 날이면 생기 있어 보입니다 야금야금 먹히는 기억들,
기억에 먹힌 기억들, 그땐 그랬지 울기도 웃기도 했었지이이
입술 없는 친구가 이를 드러내(웃어) 보입니다

막 걷기 시작했을 때는 울부짖는 소리만 따라다녔답니다
살에 닿는 모두는 달아나거나 부서지거나
귀 떨어진 후로는 헤맴과 향함이 다르지 않았답니다
쓸어내린 머리카락 썩지 못하고 길가에 널린답니다
잊혀진 추억은 되기 싫고, 잃어버린 물건 되려고 그런답니다

길섶에 눈꺼풀을 두고 와 잠들 수도 없다고 합니다

그럼에도 　　　네가 　　　하나의 　　　밤

을 　　　　지속할 수 　　　있도록 　　　서

로의 　　　　밤을 　　　　　　하나씩

부족한 　　　　　얼굴로 　　　축복하고

다시 　　　　느긋한 　　　　　　걸

음으로 　　　　　　　　　흩어지

는 　　　　　　　　　　　친구들

나의 좀비 친구

그는 성실하게 허우적대다 문드러지는 순박함이랍니다
덜 죽은 자를 간절히 바라는 나날이 짙어지는 계절이랍니다
엄마 여기 좀비가 두 송이 피었어요 [0]
망한 세상에서는 사람이나 좀비나 (꽃)같은 처지랍니다
차가워진 몸에 따뜻한 입김 나누려는 것뿐이라고
먹어도 살찌우지 못하는데 달리 무얼 바라겠느냐 합니다

잠시 사람이었던 사람, 뒷모습이 그립다고 합니다
팔을 떼어 내면 까드득 부서지는 이치에 맞지 않는 말들
배를 가르면 균형을 잃고 흘러내리는 전(生)여친의 신음 소리
사랑하는 것들이 울어, 사랑하지 못하는 것들은 못 울어어어
나의 오랜 친구는 갈수록 어설프게 걸었답니다

0 　요르고스 란티모스 감독의 영화 〈송곳니〉에 나오는 대사. 영화에서 '좀비'의 뜻은
　　조그마한 노란 꽃.

얼룩말

벌써 여러 날 되었다 얼룩말은
자꾸 지워지는 얼룩이 고민이다
이를 걱정하는 사육사의 노트북에
초원을 뛰어노는 얼룩말들

나는 이제 막 가벼운 건망증과
노곤한 잠을 좋아하게 되었는데
그립지도 않은 고향 풍경

누구나 알고 있다
초원이 가장 아름다울 때는
노을이 질 무렵이라는 것쯤은

나의 배경에는 종일 노을이 지고 있다
먹이는 하루에 두 번 배부르지 않을 만큼이다
나는 우리 안을 어슬렁거린다 코도 풀고
무료함에 입맛도 다신다

말하자면 이곳에는 종말이 없다
사육사가 구원까지 우리 안에 넣었으므로

사육사는 얼마 전 짧은 휴가를 마치고 돌아왔다
그는 여행 중에 마주한 친절이나 잔인 따위를
하늘색 폴더에 긁어 넣는 일에 열중이다
똑같아 보여도 어느 하나 버리지 못한다
노트북 바탕화면에는 정면을 응시하는 이들과
초점이 맞지 않아 종일 흔들리는 이들과,
먼 나라에서 가져왔다는 기념품 중에는
도통 먹을 만한 게 없다

그 나라에는 유난히 해가 진 도로변을 떠도는
야행성 동물이 많았다고 한다
잠든 거리라도 머리 위 창을 열고 홀연히
날벌레 눈송이인 척 내렸다고 한다
계절을 가르치기라도 하려는 듯
나이키 티셔츠를 입은 추장이 들려준 겨울에는

얼룩말

속옷을 챙겨 입는 거리의 여인과
꽃을 기다리는 사내가 있었다고 한다
그의 위로가 나에게는 끔찍한 주문이 되었다

관람객들은 우리 주위를 빙글빙글 돌았다
사육사는 우리 안과 밖을 들락날락거렸다
남자가 사육사에게 귓속말하고
나는 그들에게만큼은 얼룩을 보여야 한다
간식을 쥐어 움츠린 손이 우리 안으로 들어온다
꼬마는 기대와 애정을 조그마한 주먹으로 만들었다
나는 그 손을 오해하여 한입에 삼킬 수도 있다
이는 내가 선호하는 부류의 음식이 아니지만
동물원의 열기에 꼿꼿이 멈춰 선 사람들은
슬러시와 츄러스를 양손에 들고 어쩌면
그 순간을 손꼽아 기다리고 있을지 모른다

좋다 원하는 게 얼룩뿐이라면 기꺼이
콘트라스트를 높여 드리지

알레르기성 재채기를 하고 나면 양각으로
선명해지는 두드러기가 나의 개성이다
퍼포먼스가 끝이 나고 경계를 깨끗이 잃고 나면 어쩌면
그들과 같은 표정을 지을 수 있다
나를 체념한 사육사가 우리의 문을 열면
처음으로 육식을 해볼 수도 있다

나는 볕 좋은 주차장에 엎드려
동물원을 걸어 나올 포식자를 기다린다
먹다 버린 페트병을 좌우로 굴려
목덜미에서 새어 나오는 달고 톡 쏘는 피를 맛본다
성탄절과 부처님 오신 날이 모두 빨간색인 이곳에서
나는 변하는 계절이 익숙하니까
찬비를 맞는 일에도 유행 지난 가죽을
옷장 아래 칸에 접어 보관하는 일에도

말하자면 이곳에는 종말이 없다
사육사가 노곤함마저 우리 안에 넣었으므로

얼룩말

그 나라에는

그 계절이 왔을까

수백 번도 더 들은 이야기다

나는 어슬렁거린다 해가 잘린 모서리를 따라서

매일 새로 칠해지는 우리에서 잠이 들면

지워지는 얼룩이 서럽지 않은 밤이다

얼룩말

토끼 우리

네가 얼마나 애지중지했는지 알아. 학원에서 돌아오면 문 앞에 가방을 대충 던져 놓고 제일 먼저 옥상으로 갔잖아. 한 번 올라가면 내려올 생각을 안 했어.

각목을 띄엄띄엄 쌓아 올려 벽을 세우고 푸른빛이 도는 반투명 슬레이트로 지붕을 낸, 아빠가 손수 만든 토끼 우리 안에 검은 눈 하나와 빨간 눈 하나가 생각나. 엄마가 시장에서 얻어 온 무 줄기랑 가족들이 남긴 과일 껍질을 먹고 토끼는 무럭무럭 자랐어.

나는 토끼가 싫었어. 비릿한 냄새도 싫고, 흰자위가 안 보여서 싫었어. 너는 그 점이 예쁜 거라고 했지만—사람 눈알을 달고 있는 토끼가 귀엽겠냐는 주장에는 동의할 수밖에 없었지만—난 의도를 모르겠더라, 들여다볼수록 비어 보이는 눈동자. 커다란 귀로는 듣는 둥 마는 둥 하고. 항상 뭔가를 오물거리는 입. 너무 하얀 털.

엄마가 외출하면 이때다 싶었지? 집 앞 계단에 욕실 슬리퍼가 짝짝 달라붙는 소리가 아직도 생생해. 너는 옥상 우리 안에 토끼를 꺼내 들고 화강석 계단을 서너 칸씩 뛰어서 한달음에 현관문 앞까지 내려왔어. 거실에 최대한 넓게 신문지를 펼쳐 놓고 신문지 안으로 토끼를 몰아붙이는 놀이를 했지. 조금 귀여워 보이기도 했어, 하얀 눈송이 같은 털이 꽤 부드러울 거라고. 결국 소파 밑에서 토끼 똥이 발견될 때면 마음을 고쳐먹었지만.

가끔 옥상에 가면 딱딱한 우리 안에 토끼가 있는 걸 짐작은 했어, 자세히 들여다볼 엄두를 못 내서 그렇지. 내가 원래 어린 조카들이랑도 잘 못 놀아 주잖아. 그래서 그냥 무심히 내려올 때가 많았어. 어색하더라고. 나는 발소리나 울음소리도 모르겠으니까, 다만 토끼들이 옥상 한편에 덩그러니, 움직임을 최소화한 딱정벌레처럼 살아 있다고 믿는 수밖에.

· ·

정말 딱정벌레 같지 않아? 직육면체 모양의 우리와 그 안에 토끼가. 지붕은 반들반들한 등딱지 같고 각목으로 쌓은 벽이랑 바닥은 단단하게 건조된 가죽을 덧댄 것 같다. 속에 엉기성기 쌓인 무 줄기랑, 겉으론 안 보여도 안에는 살아 움직이는 것들이 종일 꼬물거리고 있는 거니까. 각진 몸통을 지탱하는 얇디얇은 발이 마침 6개 있고. 벌레한테는 껍데기가 뼈 역할이라는데, 아빠는 옥탑방 옆에 자재를 쌓아 둔 구석에서 쓸 만한 뼈다귀를 주워다 외피를 만든 거지. 형태가 무너지지 않게 도배하듯 겉에 두르면 그럴싸해 보였을 거야—죽은 척이 쉬웠을 거야—뙤약볕 아래 종일 있어도 피부색이 변하거나 긴장하면 살이 떨리는 그런 티가 안 나. 이미 죽은 사물의 빛깔을 보호색으로 두르고, 한 자리에 꼼짝없이 머물러도 꽤 오래 버틸 수 있었을 거야. 외피 안쪽의 온기만 건재하다면, 다른 건 아무래도 상관없지.

너는 매일 그 앞에서 안절부절못했겠지. 우리 벽에 벌어진 틈새를 사이에 두고 초점이 최대한 토끼에 맞을 때까지, 구부정해졌겠지. 아니면 거기에 손가락을 비집어 넣고 꼼지락거렸겠지. 부디 나의 손가락을 좋아해 주기를. 벌어진 틈 중에 유난히 크게 벌어진 아래쪽에 눈을 바짝 붙이고—깜빡이지도 않고—어느새 토끼 높이로 쭈그리고 앉아서, 최대한 상냥하게 들여다봤겠지. 그럼 널 알아볼 줄 알고. 그 틈으로 도망쳤을 거야.

우리를 들여다보는 동안, 넌 한눈을 판 거지.
빈 눈구멍만큼 숨기 좋은 곳이 또 있을까?

그래 봤자 옥상은 섬 같은 곳이니까, 가 봤자 멀리 못 갔을 텐데. 너 진짜 열심이었어. 집착이 심했어. 하루에 남은 시간을 거기에 다 썼어. 토끼가 없어진 날이면 눈이 뒤집혀서는 듣기 싫게 입으로는 쒸익쒸익 물 끓는 소리를 내면서 꼴 보기 싫게. 깁스한 네 한쪽 팔처럼, 덩달아 나머지 팔다리를 빳빳하게 세우고. 옥상에서 내려올 생각을 안 했어.

．．

토끼는 쉽게 탈출한다. 하루에 두 번이고 세 번이고—작은 가능성만으로—띄엄띄엄 벌어진 각목 사이에 얼굴을 비집는다.

무 줄기는 질렸다. 다른 씹을 게 절실하다. 간질거리는 앞니 때문이다. 사과 껍질을 마지막으로 먹은 게 언제였더라? 싫증 난 모든 게 머리맡에 쌓여 시큼한 향을 풍긴다. 갈수록 코끝을 얌전히 둘 수가 없다. 저 멍청한 검정 눈과는 같이 못 산다고 첫날부터 생각했다. 너도 같은 생각이지?

자꾸만 발이 빠졌다. 그 사이로 한결같이 빛이 샜고, 가끔은 비가 샜다. 그 정도는 넘어갈 수 있었다. 정말 못 참겠는 건, 자꾸만 네 숨이 새잖아. 안으로 다 들어오잖아. 소름 끼치는 흰자위 눈.

마땅히 갈 곳도 없지만, 주변에 구멍다운 구멍이 있을 리 없지만. 아쉬운 대로 쌓여 있는 자재 뒤편이나 배수 구멍에 숨어야지. 아무렴 여기보단 낫다. 간질거리는 앞니로 얼마 갉아 먹지도 않았는데 벌써 머리가 빠져나갈 수 있을 만큼 넓다. 머리가 빠져나오면 몸은 금방이다.

··

얼마나 놀란 줄 알아? 우리 안에 굳어 있는 토끼를 봤을 때, 모른 척 내려가고 싶었어. 멍청한 검정 눈은 옆에서 아무렇지 않게 사과 껍질을 씹고 있고.

여길 올라오는 게 아니었는데. 애초에 내 토끼도 아니고, 이런 끔찍한 꼴을 봐야 할 이유나 책임은 없다. 그날따라 왜 친한 척이 하고 싶었을까. 옥상에 이틀째 방치된 빨래만 아니었어도. 내가 기억력이 좋은 게 잘못이지. 책임감이라는 게 존재하는 게 가족 중 나 하나뿐이라서, 아니면 밀린 드라마나 보면서 아무 일도 없는 완벽한 주말이었을 텐데. 일기예보를 믿은 게 잘못이지.

나는 십 분에 한 번씩 옥상에 올라갔어. 바보같이, 토끼가 십 분 전과는 다른 자세로 있기를 바랐어. 얼마나 무서웠는지 알아? 그 눈을 볼수록 절박해졌어. 회차를 거듭할수록 근심이 불어나는 범죄 조직의 보스처럼, 올라갈 때마다 토끼와 가까워졌어. 결국 각별한 사이가 됐어. 작은 차이나 뒤척임이라도 나는 바로 알아챘을 거야. 어쩌면 기회를 놓치지 않고—나를 속여 넘긴 우월감에 벅차—우리 밖으로 유유히 빠져나갔기를. 최소한 저 소름 끼치는 눈이라도 감았기를 바랐어. 결국 십 분 전과 똑같은 방향으로 누운 몸과

시퍼렇게 뜬 눈을 다섯 번이나 봤지.

어쨌든 확실히 해 두고 싶었어—결국 멍청한 짓을 하게 될 줄 알았지—내가 본 게 맞는지. 나는 4b 연필을 가지고 올라가서—문은 못 열고—반대쪽 뭉뚝한 끝을 토끼 눈동자 가장 가까운 틈에 넣었어. 그런 이야기가 떠올랐거든, 빛을 반사하는 눈은 아직 산 눈이라는 이야기. 나는 연필 끝으로 눈알을 지그시 눌렀어. 다음엔 아크릴 붓끝으로, 나무 헤라로, 거의 성공할 뻔했어. 나한테 살아 있는 걸 들킬 뻔했어.

각막의 여린 탄성이 연필 끝을 온전히 받아 내고 있었어. 당장이라도 터져 버릴 것 같아서 무서웠어. 투명한 막이 찢기고 그 속에 얼마 안 남은 숨과 볕과 그 밖의 열망이나 증오가 뒤섞인 끈적한 점액질이 왈칵 쏟아져 나올 것 같아서, 내가 먼저 질끈 감을 뻔했어.

나는 토끼가 연필을 허락하지 않기를 바랐던 건데. 그건 누구도 못 이기는 거잖아 감히 속일 수가 없잖아. 허술한 눈꺼풀 사이에 드러난—자기 자신조차 섣불리 닿고 싶어 하지 않는—눈알을, 초점을 벗어날 만큼 가까운 거리에 모르는 누가 쿡쿡 찌르려 하는 건. 눈앞을 알짱대면서, 거슬리게, 나의 약한 부위를 함부로 하려 하는 건. 그만큼 소름 끼치는 장면이 있을까. 눈이 시려서 깜박일 수밖에 없잖아. 두 겹의 악어 눈이라도 매사에 유연한 카멜레온의 눈이라도 별수 없지. 파리의 겹눈이면 되려 쉬웠을 거야. 질끈 감거나 피하지 않고는 못 배겨, 찔려 보지 않아도 알 수 있지. 만약 살아 있었다면.

.․.

누구 잘못일까. 허술한 실력으로 허술한 우리를 만든 아빠 잘못일까? 아니면 썩기 직전의 채소를 우리 안에 버린 엄마? 간질간질한 앞니를 못 참은 토끼 잘못일까. 내 잘못도 있지, 물 한번 제대로 줘 본 적 없으니까. 어쨌든 토끼를 계단에서 던진 건 너잖아.

너는 모른 척한다. 자신이 속았으리라 믿는다. 토끼가 뻗은 걸 봤으면서. 순간 웅크려지며 몸을 동그랗게 마는 걸, '쉬익―'하며 숨이 빠져나가는 소리를 들었으면서 그래서 조금 가벼워진 무게를 모른 척한다. 너는 화강석 바닥에 팽개쳐진 토끼를 집어 든다. 너의 찬 손보다 더운 몸을, 펼쳐지는 꼬리를, 뜬 눈을 모른 척한다. 너무 쉽게 우리를 탈출했던 지난 무수한 날들처럼, 토끼는 똑똑하고 날쌔고 때로 아주 교활하니까. 감쪽같이 자신이 속는 중이라 생각한다.

그러니까 여기 먼저 다녀간 게 너였던 거지?

괜찮아, 나도 속을 뻔했지. 너만큼 멍청하면 나도 편했을걸. 대신 내가 확인했어, 토끼가 죽은걸. 꿈쩍도 안 했어. 협박도 회유도 소용없었어―꺼먼 눈은 여전히 사과 껍질을 씹고 있고—살아 있는 중에는 오래 보기 힘들었던 빨간 눈망울이 내 눈을 똑바로 응시하고 있었어. 분노도 기쁨도 없어 보였어. 얌전해 보였어.

너는 토끼가 고통받기를 원했지? 아니면 얌전히 무 줄기나 씹어 주기를. 희고 부드러운 털을 언제든 허락하며 너만 사랑해 주기를 바랐지? 끓어오르는 충동에 실수로 우리에서 탈출해도 여지없이 붙잡혀서 추궁하는 네 앞에서 초조한 눈이 되기를. 너는 벌을 주고, 토끼는 벌을 받고. 그제야 손아귀에 압력이 느슨하게 풀렸겠지. 너를 사랑하지 않으면, 그래 이대로 가다가는 정말 숨이 끊어질지도 모른다는 아찔함에 몸을 부르르 떨어 주기를 바란 거지. 토끼는 떠는 대신 죽었을 거야. 본능적으로 좁고 깊은 굴속으로 숨었을 거야. 왜 만화 영화에 자주 나오잖아. 토끼는 당황하지 않고 재기 발랄하게 땅속으로, 얽힌 잔뿌리를 앞니로 끊어 내며 나아갔을 거야. 그럴 때마다 꿉꿉하고 달짝지근한 향을 머금은 흙이 갈라지고 뒤집어지고. 한 치 앞뿐인 새벽의 도로를 달리듯 습도에 민감한 코끝을 헤드라이트로 비추면서 말야. 쉼 없이 킁킁거리며, 썩은 잎사귀와 벌레가 잃어버린 다리 부스러기를—희지 않게 된—온몸에 휘황하게 두르면서 속을 파고 또 파 내려갔을 거야. 그리고 적당한 곳에—우리 비슷한 크기의—보금자리를 하나 마련했을 거야. 거기 훔친 음식을 차곡차곡 쌓아 두고. 손님을 초대할 요량으로 제 몸집에 네 배 혹은 다섯 배가 넘는 커다란 구멍을 파 놨을 수도 있지. 내 생각은 그래. 나라도 그렇게 했을걸, 그 길이 백배는 낫지. 네가 만족에 겨워 일그러뜨리는 얼굴, 진짜 꼴 보기 싫거든.

놀리려는 건 아냐, 겁주려는 건 더더욱 아니고. 아무래도 제일 놀란 건 너일 테니까. 잠깐 편히 앉아서 얘기 좀 하자. 죽은 후라도 빛을 반사하는 눈은 아직 산 눈이라는 이야기, 기억하지? 여전히 빛이 감돌고 있다면 잠깐이겠지만 뇌랑 심장이 멈추고 피가 마르고 팔다리가 빳빳하게 굳었어도, 그런데도 무언가를 반사할 광택이 남았다면 희망이 있다는 이야기. 나는 그 이야기를 아직 믿어.

다음이 궁금하지 않아? 너 듣다 말았잖아. 내가 결말까지 얘기한 적 있었나? 그날 토끼가 어디로 갔는지, 토끼를 어디에 묻었는지, 궁금하지도 않아? 서두를 거 없지, 어차피 다 알게 될 텐데. 여기 잠깐 누워 봐. 마음 바뀌면 말해. 궁금해지면. 근질근질해지면. 끔찍한 이야기라도 결국 너에 관한 이야기라서 일단 시작하면 계속 듣고 싶을걸. 다음이 궁금할 거야. 잠깐 누워 봐. 무섭게 들릴 수도 있지만, 죽지 않을 정도로만 딱 아프고 나면 내성도 생기고 한결 개운할 거야. 그러니까 날 믿고, 일단 누워 봐.

．．

무 줄기와 과일 껍질을 치운다. 치운 자리에 최대한 넓게 신문지를 펼친다. 토끼와 너를 나란히 눕힌다.

실과 바늘, 커터 칼, 핀셋, 서류 집게, 가위, 글루 건, 과산화수소, 분무기, 키친타월을 지붕 슬레이트에 가지런히 둔다. 혹시 몰라 조각용 와이어와 목공용 풀도 챙겼지만, 쓸 것 같지 않다. 분홍색 고무장갑은 쉽게 땀이 차고 손가락을 움직이기 불편해서 금방 벗었다.

내가 미술 학원을 1년 넘게 다닌 걸 행운인 줄 알아. 요즘 내 취미가 바느질인 거 알지? 네 양말을 한 번도 꿰매 준 적 없다고 나를 못 믿으면 안 되지. 이런 섬세한 작업은 아무나 못 한다니까. 마취는 조금 막막했지만, 넌 어릴 적부터 한번 잠들면 누가 업어 가도 몰랐으니까.

너의 눈꺼풀이 감기지 않게 집게로 고정한다. 눈꺼풀을 아예 도려내는 게 작업에는 수월하지만, 최대한 자국이 남지 않게 하려면 눈꼬리를 살짝 트는 편이 낫다. 토끼는 따로 고정하지 않는다. 적신 키친타월에 눈알을 잠깐 둔다. 빈 눈구멍만큼 토끼 굴처럼 보이는 게 또 있을까? 분무기로 물을 수시로 뿌린다. 맑고 끈적한 표면에 물기가 마르지 않아야 한다. 각막에 지문이 남지 않게 주의한다. 눈꼬리에 맺히는 진물을 꼼꼼히 닦아 낸다. 나는 수전증이 없지만 바느질할 때는 어느 때보다 조심스럽다. 간격이 일정해야 자리를 잡은 후에 티가 나지 않는다.

너의 초록색 깁스 모퉁이에 사인한다─딱딱한 안쪽에 손가락이 꾸물거린다―처음으로 너와 토끼를 번갈아 쓰다듬는다. 우리 안을 침범한 햇살이 나란히 누운 위에 빗금을 그리며 등분을 내고 있다.

..

네가 서 있었던, 계단 끝에 올라서야 네가 한눈에 보인다.

숨소리 하나 (2^0)
몸짓은 둘 (2^1)
그림자 넷 (2^2)

놀라운 번식력으로, 너는 움직일 때마다
2의 거듭제곱이 된다

바람이 조금만 불어도 날려 사라지겠다
들판 한가운데 펼쳐 둔 신문지와
그 위에는 아무도 없다

네가 모르는 기억만 벌써 수백 가지다
가본 적 없는 구석까지 꼬물꼬물 기어간다

..

신기하지 않아? 네 뒤를 졸졸 따라다니는 그림자 중에 같은 모양이 하나도 없다는 게. 겁낼 거 없어. 자기 그림자에 놀라는 사람이 어딨어. 괜찮아. 아무것도 아냐. 그림자가 늘어나 봤자 토끼 똥보다 많겠어?

처음엔 다 그래. 억지로라도 깜박거려 봐. 금방 익숙해질 거야. 거리랑 시간을 맞추는 요령만 익히면 서서히 하나로 보일 거야.

차라리 귀가 나았을까? 귀는 간단해, 눈이 어렵지. 애초에 귀는 너무 뻔하지 않아? 넌 얼굴이 길어서 안 어울린다니까. 요란해 보였을 거야. 솟아난 귓등에 실핏줄이 다 비쳐서 다들 귀만 봤을걸. 봐 봐, 눈은 감쪽같지.

빨간 건 어떻게 못 해. 티도 안 나는데 뭘, 누가 물어보면 못 잤다고 해.

어때, 정신이 들어? 아직도 많이 뻑뻑해? 이쪽으로 돌려 봐, 내가 보여? 멀어지는 내가 보여? 흐린 윤곽이라도, 저 위에서 흔드는 손이 보여? 기분이 어때? 쫓기게 된 기분이.

네 게 아니라고 하지 마, 너랑 상관없다고. 모르면 다야? 넌 토끼가 죽은 것도 몰랐잖아. 그렇다고 그 죽음이 네 게 아니니? 그렇게 평생 이유도 모르고 네 안쪽으로 탈출하는 토끼에게 갉아 먹혔을걸. 과일을 껍질째 먹는 아빠를 볼 때마다 치를 떨었겠지.

어디 눈뿐인 줄 알아? 네가 몸에 치렁치렁 달고 다니는 것 중에 처음부터 네 건 하나도 없었어. 아침마다 삐그덕거리는 네 두 팔이랑 두 발, 그거 우리를 철거하고 남은 각목에 헝겊을 두른 거라면 믿을래?

너를 분해했더니 거기 다 있었어. 분해는 조립의 역순이라는 말 알지? 너를 반대로 돌렸더니 거기 그대로 있었어. 서랍 뒤로 넘어간 편지랑 옥탑방 옆에 쌓아 둔 각목이 다 나왔어. 냉장고 밑에 양말 한 짝이랑, 잘게 찢는 성의조차 없이 버린 학습지를 영영 잃어버린 줄 알았지? 변기가 막힌다고 몇 번을 경고해도 안 듣더니, 결국 목구멍을 타고 역류하는 머리카락 좀 봐. 물에 젖고 엉켜서 그렇지 그대로야.

한편으로는 그런 것들이 끈질기게 들러붙은 덕에 네가 건강한 거야. 그게 뭐가 됐든 무슨 의미든 똑같으니까, 다 땔감이니까. 그러니까 계속 그렇게 딱정벌레 같은 표정이면 안 되지. 너 하나 지탱하려고 얼마나 많은 각목을 빼다 썼는데.

· ·

뒷일은 걱정하지 마. 내가 원래대로 잘 돌려놨어.

이번 기회에 너도 알아 둬. 나중에 어떤 난처한 일에 휘말려 흔들리거나 무너지게 될지 모르잖아. 그러니까 꼭 명심해, 조립은 분해의 역순.

◇◇◇

1) 너의 정강이뼈를 뽑아다 토끼 우리의 외벽을 세운다.

2) 우리의 문을 연다. 침을 묻혀 살갗에 빗금을 지운다.

3) 눈꼬리에 실밥을 푼다. 안쪽에 눈알을 둔다. 눈을 감는다.

4) 신문지를 치운다. 문을 닫는다. 뒷걸음친다.

5) 여덟 칸 계단 위로 토끼는 단숨에 뛰어오른다.

6) 너의 품에 닿자마자 파고든다.

7) 옥상 배수 구멍 중 하나에 토끼를 숨긴다.

8) 거꾸로 계단을 내려온다. 식탁에 앉는다. 말을 삼킨다.
    음식을 뱉는다.

9) 딱정벌레는 사라졌다. 토끼도 너도 없다.

10) 엄마는 우리 안에 먹이를 치운다. 아빠는 반나절 동안 손
    사래 친다.

11) 흐린 날에 근처 공원에 간다. 벤치에 빈 깁스를 둔다.

12) 잔디에 닿자마자 깊고 구불구불한 미로를 만든다.

13) 봄꽃 중 개나리가 가장 늦게 핀다.

◇◇◇

．．

제법 폭신한 우리를 가지게 되었구나.

토끼 우리

이제 조금 봐 줄 만해, 생기 있어 보여. 귀여운 것. 귀여운 내 동생. 나의 피붙이. 기념비적인 나의 첫 번째 실험체. 이제부터 우린 공범이야. 네가 아니었으면 나의 손재주와 기발한 아이디어가 그냥 묻힐 뻔했지.

볼수록 예쁘다. 내가 여행을 많이 안 가 봐서 장담은 못 하지만 어느 나라에 어느 인종 중에도 이런 색깔은 없어. 너 하나뿐인 건 아니겠지만, 그런 비밀을 숨기고 있는 건 아마 너밖에 없을걸?

너는 편식이 줄었다. 질색하던 당근도 잘 먹는다. 네 머리에 새치인 양 자라는 거, 더 풍성하고 부드러웠으면 좋았을걸. 아직 내 실력이 어설픈 탓이지. 너는 호기심이 늘었다. 별거 안 해도 귀엽게 넘어가 주는 사람이 있다—비타민 A가 풍부한 당근의 효능으로—밤눈이 밝아졌다. 네가 귀가하는 길은 내가—슬쩍 물어보거나 미행으로—아는 경로만 수십 가지다. 말하자면 매일 새로 굴을 판다. 누가 시킨 게 아닌데, 밤낮없이 파고 또 파 내려간다. 옥상에 갈 여유가 없다. 너는 세상에 널린 괴로움이나 즐거움을 다는 몰라도 적어도 토끼만큼은 안다. 또 눈치 못 챘겠지만, 새로운 체취를 풍기게 되었는데, 너의 것도 토끼의 것도 아니다.

. .

네가 얼마나 애지중지하는지 알아. 잘 보관했다가, 이 담에 누구한테 줄래?

걱정이다. 너 덜렁대는 성격을 아니까. 곧 환절기라서 비염도 심해질 텐데. 재채기 나올 때 한 손으로 입 가리고, 다른 손으로는 눈 가리는 거 잊지 마. 한번 빠지면 계속 빠져.

너는 떨어진다.

한쪽 손으로 빈 눈구멍을 가린 채, 나머지 눈과 손으로 떨어지는 눈알을 쫓는다. 바닥에 닿자마자 방향을 모르겠다. 어디로든 간다. 뭐든 된다.

탱탱볼처럼 튈 수 있으니까, 발 조심하고.

언제든 찾기 쉽게 거기 뒀어. 아니면 눈알을 촉촉하게 보관할 다른 아이디어 있어?

더는 힘들게 층계를 오르내리지 않아도 돼. 엄마 몰래 신문지를 접었다 폈다 할 필요 없어. 가끔 소파 밑에서 토끼 똥이 나오는 게 싫긴 하지만, 비밀로 해줄게.

물개의 송곳니를 다듬는 당신
미로가 부족한 초원에 선분을 그어
기린에게 미로를 선물합니다
당신이 수족관에 둔 문어가 인기예요
알맞게 삶아져서 색과 모양이 예쁘죠

3부

Staff
Only

지하 극장

지하 극장은 한낮에도 캄캄하다
지하 극장에는 흔한 창문 하나 없다
어서 내려오세요, 어서
계단 아래서 반기는 눈코입을
제대로 본 적도 없다

당신을 만나러 여기까지 왔어요
조금 전 이가 부러진 여자, 꽃 같지 않은
꽃무늬 원피스가 젖는 걸 아는지
뒤집힌 우산을 집어 들며 아무렇게 웃는다

우리는 기다린다 잠시 후면 이곳은
비밀스러운 주문을 외는 오두막이 될 것이다
여자가 단숨에 올라탄 검정 세단의 지붕이 될 것이다
발가벗은 애인의 목이 졸리는 욕실이 될 것이다
불타는 선박에서 뛰어내린 바다 한복판이 될 것이다
손을 놓치는 절벽이 될 것이다
자전거를 일으키고, 장난감 블록을 상자에 빠짐없이

담아도 겨우 오후 4시쯤 될 것이다
여자의 점프는 언제나 절망을 능가하여
우리는 순간마다 환호를 보낸다

저 여자, 우리 중에 유일하게 빛나는 여자
찢어지고 벗겨져 볼품없어 보여도
조명이 만들어 낸 기적과 탄식만으로 몸을 치장한
이곳 지하 극장의 주인

여자는 진흙 묻은 두 발을 소파에 늘어뜨린다
축축해진 머리에 염색약 냄새가 진동한다
숨이 끊어진 줄 알았던 애인이
암막 커튼을 젖히고 걸어 나오면
기다리던 키스 신이다. 사랑이 끝이 나면
여자는 퇴근이다

저 여자, 팝콘에 맞아 죽을 여자
그러나 부드러운 죽음은 견디지 못할 여자

지하 극장

여자가 조명을 등지고 조용히
슬픔에 잠길 때면
우리는 여자 쪽으로 흰 얼굴을 내밀고
목이 떨어진 목련 같다
우리의 모든 걸 훔쳐 간 여자

여자는 네모난 창을 연기 중이다
사랑하는 이를 올려다보는 일이
이런 기분일 줄이야

NIGHT POOL

수영장 고요한 결에
둥둥 떠 있는 남자와

타일에 걸터앉아
울지도 않는 여자

돌고래의 장난처럼 남자는
죽은 시늉하고 있다

남자가 좋아하였던
여자의 작은 발이 일으키는
물장구가 언어를 대신하면

여분의 빛이 널어 둔 주름진 옷가지에
남자는 등을 전부 기대고

젖은 판자처럼 성대도 각막도 없다

입매가 드러나는
영안실의 천을 몰래 걸치고
무중력의 품이려고

우주복의 끌어안는 포즈 말고는
그에 관한 목격담이 없다

둘은 헤엄을 배우듯
사랑을 터득하였다

낮에는 수면 아래서
잘린 하반신이 되었고 밤에는
당신이 원하는 만큼 흔들리겠어요

둘에게는 서로를 확신할
무게가 없었으니까

어느 날에는 놀이 같았고

어느 날에는 뒤집힌 낚싯배처럼
엉성한 자세를 하고서는
1.5미터 바닥에 동전을 주우려
몇 초간의 질식도 감내하였다

한 여름밤의 수영장에서
여자는 내려다본다

새로운 영법을 구사하듯
남자가 새로 짓는 표정을
눈 뜨고 못 봐주겠다

맨살은 그렇다 쳐도
갈비가 다 보여 쓸쓸해 보여
번지지 않는 것이 유일한 장점인
무슨 얼룩처럼

태닝을 너무 심하게 했다니까

짙어지지도 못할 거면서
수심 이하의 수심은 못 갖는
가난한 그림자 같아

여자는 내려다본다

아직 건강한 두 발이
남자를 망치지 못한다

누명이라도 쓰고 싶다
그래요 나예요 남자를 여기 넣고 휘저은 게
함께 쓰는 수영장을 거무튀튀한 색깔로
만든 게 나예요 밤이 아니라

달을 깨우는 건 별빛이 아니라
떨어지는 날벌레라고

내려다보면,

NIGHT POOL

자신의 물장구에 날리던 머리가

정갈해진 것을 본다

기억하기에 남자의 숨 참기는

1분을 넘기는 법이 없었는데

오늘은 신기록이다

NIGHT POOL

연무왕(煙霧王)

그는 평범한 왕이었다. 다만 방에 자욱한 담배 연기 때문에 그의 제멋대로 난 수염과 육중한 몸이 희미하게 보였다. 이는 일종의 분위기에 불과했지만, 그로 인해 왕은 의문투성이 왕으로 불리었다. 가끔 왕이 앞으로 걸어 나오면, 연기를 앞질러 숨어 있던 몸이 드러날 것 같다가도 연기는 다시 제 본분을 다하듯 왕의 온몸을 감싸안았다. 연기가 빠르게 집중되는 눈썹 뼈와 콧등부터 비교적 말단에 해당하는 턱과 귓볼, 멀게는 골반에서부터 뾰족하게 튀어나오려다 마는 무릎을 지나 낮게 깔리는 발뒤꿈치까지 예외는 없었다. 왕 또한 연기 안쪽에 수치스러운 무언가라도 숨긴 듯 뿜어지는 모호함에 속도를 맞추어 방 안을 거닐었다. 고개를 돌릴 때마다 슬쩍 보이는 눈살은 언제나 찌푸린 상태였는데 연기로 인해 눈이 매워서인지, 보이지 않는 무언가를 애써 보려는 것인지 알 수 없었다.

연기 안쪽에서 무슨 일이 벌어지든 바깥쪽에서 보이는 것은 흐릿한 윤곽뿐이었다. 왕 가까이에서 시중을 드는 신하들조차 사정은 다르지 않았다. 의자에 앉은 왕이 반쯤 감긴 눈을 비비며 하품하는 모습이나, 그럴 때마다 벌어지는 입을 가리는 손가락 마디마디에 치렁한 장신구의 날카로운 반사광이 뜻밖의 인기척이나 긴박한 신호로 관측되기도 하였으나, 그마저도 날이 좋을 때나 가능했다. 이는 왕의 의중을 살피는 일이 중요한 이들에게는 여간 까다로운 일이 아니었는데, 때로 노련한 신하들이 왕과의 거리를 자신하여 연기를 거침없이 헤치며 성큼 다가가다가도 대부분 연기에 가린 문턱을 못 보고 발이 걸려 넘어지거나 그러는 차에 감히 왕의 흉부나 허벅지를 팔꿈치로 찍어 눌러 '억―' 소리가 나게 하는 일이 허다하였고, 심한 경우 균형을 잃고 뒤틀린 자세가 되어 참담하게도 왕의 턱수염을 잡고 늘어지기도 하였다.

이상한 점은 그 누구도 왕이 담배를 피우는 모습을 본 적이 없다는 점이다. 심지어 연기의 출처가 담배인지조차 확실치 않았다. 다만 분명하게도 연기에서 풍기는 냄새는 단순히 장작을 태울 때의 매캐함이 아니었고, 혹은 물안개 근처를 걸을 때 젖은 흙으로부터 은은하게 퍼지는 비릿한 냄새도 아니었다. 아마도 그 중간의 무언가, 불쾌하면서도 중독성이 강한, 고약한 수집가의 괴이하고 음습한 수집품들이 진열된 창고의 문을 막 열어젖혔을 때 풍길 법한 냄새였다. 무릎 아래로는 쇳가루에 유황 가루를 실수로 섞은 듯한 축축하고 무거운 냄새가 차분하게 깔려 있었고 가슴 부근에는 곰팡내와 포르말린의 찌르는 향이 부유하는 듯했다. 미간 위 허공에는 그을린 동물의 털에 과실 향을 입힌 듯한 연기가 맴돌았다. 그 결과로 팔과 다리가 이완되고 계획이나 시간 따위를 모르게 하는, 어느덧 연기의 영향권 안에 든 모든 이들을 몽롱하게 만드는 향기였다. 후각에 민감한 신하에 의하면 솔잎과 인삼 뿌리, 빻은 쑥을 포함한 최소 다섯 가지 이상의 약초에—왕의 평소 취향을 반영하여—사향노루의 분비물과 비버의 향낭에서 추출한 향료, 어쩌면 수탉의 꼬리털 조금과 애플민트, 젖은 낙엽, 거기에 말린 달래 껍질과 바나나 껍질을 포함한 최소 네 가지 이상의 과일 껍질을 적절한 비율로 섞어 태울 때의 냄새일 것으로 추측하였다.

．．

입궐한 지 얼마 안 된 젊은 신하들은 하나같이 의구심을 가졌다—처음에 그들은 이것이 일종의 신고식일 것이라 확신했다—그중 몇몇은 왕을 어린 시절부터 돌봐 온 늙은 신하들에게 물어 연기가 언제부터 시작된 것인지, 무엇으로부터 기인한 것인지, 그 실상을 알아보려 하기도 하였다. 그러나 늙은 신하들 역시 간접적으로나마 오랜 시간 연기에 노출되었던 탓에 말하는 내내 오락가락하였고 매번 이야기가 달라졌다. 더불어—그들은 의도하지 않았겠지만—신경질적으로 들리는 만성 기침 소리와 거의 1분에 한 번꼴로

온 힘을 다하여 목구멍 깊숙한 곳에서 가래 끓는 소리를 내는 차에—가래뿐 아니라 영혼의 일부라도 끌어 올려질 기세였다고—제아무리 순수한 의구심과 끝없는 탐구심을 겸비한, 무엇보다 충신을 향한 예우를 첫 번째 덕목으로 삼는 젊고 건강한 신하라 할지라도—집중을 방해하고 심기를 슬슬 건드리는—거북한 자극이 반복되다 보면 어느덧 초심은 온데간데없어져 연기와 관련된 왕의 비밀이라는 것이 과연 중요한 것인지, 애당초 이 늙은 신하들이 진실을 알고 있긴 한 건지, 의지가 아주 꺾여 버리는 것이었다. 때문에 늙은 신하들의 이야기를 끝까지 경청하는 이는 없었다. 순진한 호기심에 이야기를 청했던 이들은 마지막에 이르러서는—늙은 신하를 향한—안쓰러움과 역겨움이 뒤섞인 표정이 되어 있었다.

심지어 몇몇 늙은 신하들은 연기 없이 말끔하던 왕의 유년 시절마저 뿌옇게 묘사하기 일쑤였는데, '태워지는 물체의 대가로 피어오르고 방향 없이 사라지는 연기의 속성'을 부연 설명하며.

..

왕은 하루의 대부분을 잠을 자며 보냈다. 그는 잠이 든 채로 자지러질 듯 웃거나 서럽게 울었다. 잠꼬대할 때의 말투는 꽤 또박또박하여 깨어 있을 때보다 단호하고 간절하게 들렸다. 대부분 저급한 농담이거나 번뜩이는 호통이었

는데, 목소리는 슬프게 들리기도 즐겁게 들리기도 하였다. 맺음 없는 왕의 횡설수설에도 신하들은 성의껏 대답하였다. 아니 오히려 적막을 깨는 왕의 잠꼬대가 신하들은 반가웠다. 겹겹이 막을 펼친 모호함 가운데 잠꼬대마저 없다면, 지루함과 노곤함이 만연한 궁궐에 신하들은 북받쳐 오르는 불확실함을 떨쳐 내느라 진즉에 궐 밖으로 뛰쳐나갔을지도 모를 일이었다. 상황이 이러하니, 왕이 잠꼬대 한번 없이 편안히 잠을 청할 때는 적막 속에서 환영을 보았다는 이도 있었고, 더구나 왕은 지독히도 과묵한 성격이었기에 그가 잠들어 있을 때의 음성만이 그나마 기록할 만한 것이라는 서기의 의견도 있었다. 여러모로 왕의 잠꼬대는 필요한 것이었다.

..

왕은 주로 그가 애지중지하는 긴 의자에서 잠을 잤다. 기하학적 문양의 금테를 두른 팔걸이와 형형색색의 비단 조각으로 장식된 여러 개의 쿠션에 몸을 골고루 기댄 채였다. 쿠션의 어느 것은 왕의 머리 뒤에, 어느 것은 팔꿈치 아래, 배위에 두고 끌어안거나, 겨드랑이 사이에 끼거나, 허리춤에, 무릎과 무릎 중간에, 발밑에 두거나, 때로 깔고 앉은 엉덩이에 뭉개진 채로 매번 그 지위를 옮겨 갔다. 의자의 등받이에는 산과 바다, 들과 강에 사는 여러 동물이 조각되어 있었는데 하나같이 엎드려 잠을 자는 모습이었다. 기억력과 상상력이 풍부한 신하가 말하길, 조각된 동물들은 의자가 처음 만들어졌을 당시에는 엎드린 자세도 잠을 청하는 모습도 아니었다고 하였다. 이에 미신을 잘 믿는 신하는 왕의 의자를 둘러싼 신비롭고 가히 미스터리한 소문을 자신이 직접 확인해 보겠다 나서며 의자를 만든 목수를 직접 찾아가기도 하였는데, 목수는 이미 마을에서 사라진 후였다. 목수는 평생 그 마을에서 나고 자랐다는데, 마을 사람 중 누구도 목수를 기억하는 사람은 없었다. 그 사실이 미신을 잘 믿는 신하에게는 특별히 기이하여 목수를 찾는 일에 더욱 매료되었고, 이러한 소식을 접한 왕 또한 흥미가 생겨 신하를 친히 불러 갖가지 필요한 지원을 해주었기에 신하는 후로도 몇 년간 목수를 찾는 일에만 몰두할 수 있었다. 그러나 시간이 거듭되며 멀리 떠난 신하로부터의 소식이 뜸해지고 왕 또한 흥미를 잃어가니, 더 이상 신하의 소식을 궁금해하는 이가 없었다. 그를 추종하는 몇몇 신하들의 주장에 따르면 뜬소문이라도 쉬이 넘기지 않았던 평소 행실과 더불어 꽤 집요한 구석이 있었고, 결과적으로 사라진 목수가 그러하였듯 그 역시 사라지게 된 정황을 종합하여 볼 때, 산과 바다, 들과 강을 헤매다 기어코 목수를 찾아낸 것이 분명하리라 하였다. 그게 아니면 어디서 잠이나 실컷 자고 있겠지.

..

왕은 깨어 있을 때조차 한 단어 한 단어 꿈꾸듯 이야기했다. 충분히 자고 일어나 정신이 맑아진 후에도 눈을 질끈 감고 아침잠에 몸을 못 가누는 아이처럼 잠자리에서 떨어지려고 하지 않았다. 온종일 감긴 눈으로 적당히 구긴 미간을 하고, 어느 굳게 닫힌 관문 앞에서 방법을 강구하는 듯 골몰한 모습이—대체 무얼 위해 골몰한 것인지 의중은 알 수 없으나—어쨌거나 치열하게 보였다.

어느 날, 막 잠에서 깨어 연신 하품을 해 대는 왕에게 호기심 많은 신하가 물었다. 어떤 꿈을 꾸셨느냐고. 신하의 물음에 왕은—구긴 미간을 하고—곰곰이 생각했다. 하품을 멈춰서인지—한 겹 두 겹 비닐 랩을 벗겨 내듯—천천히 혈색이 돌았다. 이내 왕이 답하기를, 실은 꿈에서 백성들에게 온갖 더러운 악행을 저지른다고 하였다. 신하는 놀라 당황하며 속으로 왕을 경멸하기도 하였으나, 깨어 있을 때의 시종일관 담담하고 평온한 왕의 얼굴에—다시금 옅게 덮이는 은근한 연기와 더불어—꿈은 그저 꿈일 뿐이라며, 왕을 향해 가졌던 어지러운 마음을 다잡았다.

· ·

방에 자욱하던 연기가 걷힌 것은 그가 즉위하고 16년째가 되던 해였다. 왕은 젊은 두 아들에게 죽임을 당하였다. 죽임을 당하던 날, 왕은 여느 날처럼 의자에 기대어 잠을 자는 중이었다. 이윽고 그는 빠르게 숨을 헐떡거렸다. 연기는 삽시간에 날을 잘못 타고난 구름의 처지가 되어 그의 주위에서 갈피를 모르고 흔들렸다. "너구나!" 그가 신음하며 몸을 강하게 뒤척이자 한 박자 느리게 연기 또한 정지했다가,

뒤틀렸다, 일그러졌다. 연기의 빠른 일부가 느린 일부의 내부로 집어삼켜지며 전체가 말려 부푸는 형상이 되었다. 잘려, 내동댕이쳐지는 그의 팔뚝 아래쪽에서 양 갈래로 갈라졌다가 다시 위쪽으로 휘감기며 약한 소용돌이가 만들어졌다. 그의 숨이 완전히 끊어진 후에도 연기는 얼마간 사라짐 없이 방 안을 맴돌았다. 첫째 아들은 엉겨 붙는 연기를 떨쳐 내려 팔과 칼을 허공에 휘저었다. 둘째 아들은 왕의 반대쪽으로 뒷걸음치며 연거푸 기침해댔다. 연기가 걷히자 왕의 얼굴이 선명하게 드러났다. 왕이 앉아 있던 언저리부터 의자 아래쪽으로 검붉은 피가 흘러 고였다. 비단 쿠션에 스며 비단의 광택보다 반들거리는 얼룩이 새로 덧댄 장식 같았다―떨어지는 핏방울에 가까워 광택이 빼어난 안쪽부터, 완전히 스며 광택이 사라지는 보상으로 테두리를 차지하는 바깥까지―고요하였으나, 그가 붙들던 의자 손잡이에는 부모가 부재한 집에서 자행된 아이의 놀이처럼 빨갛고 뜨거운 손자국이 이리저리 찍혔다. 엉덩이는 아직 의자에 붙은 채였는데, 상체가 고꾸라진 왕의 등받이에는―막이 내리고 서야 보이는 관객의 얼굴처럼―일제히 같은 자세로 엎드린 여러 동물의 형상이 드러났다. 찢어지고 머리 쪽으로 뒤집어진 비단옷 너머로 털 하나 없이 맨들맨들한 살갗과 늘어진 성기의 일부가 삐져나와 있었다. 두 아들은 그를 바닥에 눕히고 외투를 벗어 그의 몸에 덮었다. 처음으로 아버지를 똑똑히 보았다. 두 아들은 거리낌 없이, 제 손으로 아비를 죽였다는 사실을 깜빡 잊기라도 한 듯―소문만 무성하였던 어느 조심성 많은 짐승의 사체를 살피듯―그의 얼굴을 몇 번이고 쓸어내리며 자신들과 비교하였다. 이미 죽어 식었으나 여전히 상기된 볼을 꼬집었다. 놀란 아이를 진정시키듯 한 손으로는 그의 눈, 코, 입을, 다른 손으로는 자신들의 눈, 코, 입을 어루만지며. 돌출된 눈썹 뼈와 벌어져 푸석해진 입술의 굴곡을 확인하였다.

훗날 두 아들은 변방의 지역까지 어질게 다스리며 백성들로부터 존경과 사랑을 받았다. 왕이 죽고 달라진 것은 거의 없었다. 다만 악몽에 시달리는 백성이 조금 많아졌을 뿐이었다.

홈, 스위트, 홈

이 집에 소파는 죽은 동물의 가죽으로 만들어졌다
그는 죽어서 네모나고 폭신해졌다

나를 반듯하게 잘라 줘 빈틈이 없도록
사각형의 포옹을 해 줘

가족들은 그의 유언대로
무덤 위에 거푸집을 세우고
시멘트를 부었다

저녁 무렵이면
불 켜진 창이 하나 없다
일동 묵념.

그를 기어코 죽인 시인과
그의 입에 회색 죽이라도
떠먹인 자본주의와

가족들은 이제
드라마가 끝나도 TV를 그냥 둔다
(일종의 추모라고 할 수 있지)

그는 우여곡절을 다 겪었다
직각의 미로를 원 없이 돌았다
미친 얼굴을 하고 뒤쫓던 미래는
베란다 난간을 넘고 문턱을 넘어
종일 채널이나 돌리고 있다

마침내 이 집을 떠날 수 없다
더 이상의 불행도 손님도 없다
다 장난 같고 변명 같고,

그렇다고 나를 아예 잊은 건 아니지?

..

홈, 스위트, 홈

멀리서라도 나를 보러 와 줘
멀리서 보면 내가 어떤 기분인지 말해 줘

얼마나 환하게 웃는지 치아가 몇 개인지
창문의 개수를 틀리지 않게 세어 줘

그만이라고 말할 때까지 계단을 올라 줘
외투랑 목도리는 아무 데나 던져둬
거실에 온통 모서리뿐이잖아

날씨는 개의치 말고 수시로 환기해 줘
비가 들이치는 게 뭐 대수라고

모눈종이처럼 공평한 손금에 0에서 9까지
번호를 적어 줘 너에 관한 거라면
어떤 이야기든 재미있게 들려

기다림에 치를 떠는 네온의 눈을 달아 줘

청약이라는 예쁜 단어도 있더라
단어 그대로 푸른 약속을 해 줘

..

행렬이 끝나는 지점에
가족들은 잠시 멈춰 있다
엘리베이터 패널에 거꾸로
줄어드는 숫자를 낭독한다

집만 한 곳은 없다
집만 한 곳은 없다[0]

그는 다만 잠시 쉬고 있는 것이다
언제든 문이 열리고 불이 켜지면
이마에 솜털이 된 먼지가 날릴 것을 안다

일동 묵념.

홈, 스위트, 홈

그는 집안의 기둥이다

볕을 들이는 창이다 장판이다

화장실 수챗구멍이다

그는 도보 6분.

초역세권.

그는 숫자가 포함된 문장이다

외우기 번거로우나 세상에 하나뿐이다

---

0   영화 〈오즈의 마법사〉에서 도로시의 마지막 주문. 마법사는 에메랄드 시티에 산다.

홈, 스위트, 홈

롱 베이컨 더블 패티 버거

-중간의 맛-

오랜만에 이곳에 왔어

버거집을 찾은 날에 우리는

중간의 것을 맛보고 있어

우리는 타고난 균형 감각으로

걸음마를 마스터한 어른이고

비로소 너의 우울한 부분을 만질 수 있어

정수리와 발바닥 사이에

모르겠어? 가장 맛있는 부분은

버거 중간에 있다는 걸

우리는 빈 테이블에 마주 앉아

구겨진 포장지를 펴고 있어

창밖에 보이는 건 중간뿐이야

골똘히 보더라도 그들이

지나온 시간을 몰라

조금 전 옥상에서 뛰어내린

중간층 정도의 남자와

내가 밀크셰이크를

좋아하게 된 게 우연 같아?

우리는 중간의 것을 믿어

우리는 죽지 않을 거라고 믿어

더러움이 손에 묻지 않아

두꺼운 빵이 위아래로 덮여 있으니까

동그란 버거에 흉포한 치아 자국이 남더라도

폭력적이라고 생각하지 않아

그들이 죽는 걸 본 적이 없어

눅눅해진 프렌치프라이보다

살아 있었던 것 같지도 않아

너는 조금 유연해질 필요가 있어

플라스틱 젖꼭지를 입에 물고

낮잠 자는 아이처럼

약간의 가능성만으로 목구멍에

질소를 주입하는 공장의 관리처럼

우리에게도 유연한 척추가 있어

흔들리는 일에 노련한 나뭇가지처럼

그들의 가지 끝이 가장

롱 베이컨 더블 패티 버거

밝은 쪽을 향하는 것 같아?

자세히 봐 그 방향으로 등이 굽잖아

씹고 씹어도 젖꼭지는 삼킬 수 없었고

은빛 천장이 찢기었을 때

무한히 펼쳐지는 공백을 보았지

창밖에는 오늘도 세끼 꼬박

입이 벌어지고 있어

불평을 모르는 건 거미줄뿐이야

나에게도 그들과 같은

잘록한 허리가 있었더라면

생을 공평히 삼등분할 수 있었을 텐데

미술 시간에 익힌 가위질만으로는

시시한 요리만 만들 수 있네

더 자주 외식을 하자

위태로운 두부를 만지작거리며

못 미더운 양배추를 헹구며

저녁 메뉴를 고심하는 일 대신

서둘러 주문이나 하자

(같은 이름이면, 같은 맛.)

한 가지 원리를 기억하자

짧은 산책을 하자

(잘린 창끝에서, 끝으로.)

우리 걸음마를 익히고

중간에 가까워졌던 날처럼

더블 패티 버거의 더블 패티처럼

우리 생김새가 다르고 타고난 체취가 다르지만

훤히 드러난 끔찍한 부위를 맞대고

차가운 탄산음료 한 모금이면

잘 넘어가네

롱 베이컨 더블 패티 버거

고깃집에서

무척 힘든 날이었어요
바닥 새까맣게 타는 줄도 모르고
그러니까요, 이렇게 뿌연 날에는 삼겹살만 한 게 없잖아요

김 대리는 매일 먹는 이야기만 한다

나는 매일 기름진 게 먹고 싶어요, 이러니 내가 살이 찌지,
내가 고등학생 때는요, 자주 가던 편의점에 알바생 누나는요,

그러다 자꾸 야한 이야기를 한다

동시에 다섯 여자를 사랑한 적 있다는 김 대리는
다른 이름의 다섯 여자를 오륜기 모양으로 포개어 놓고,
사이좋게 좀 지내보라고, 손에 손잡고, 위 아 더 월드,
노래를 부르면서

매일 같은 술주정을 한다

고기 연기에 눈 벌건 최 주임은, 이것 좀 보라고,
지난여름부터 왼쪽 다리에 감각이 없다며,

말수가 적은 최 주임은
젓가락으로 쿡쿡 허벅지를 찔러 보인다

김 부장은 신나서 땀을 뻘뻘 흘린다

내가 니들만 할 때는,
울타리 안쪽에서 건네지는 어머니의 당부가 있었는데

탄 고기는 되지 말라고.

골고루 많이 먹은 날에도
잔뜩 굶주린 날에도
부풀어 오른다

계란찜은 품위를 잃고 주저앉는다

고깃집에서

냉동 칸 안쪽으로 한가득이다
부위별로 분류된 수십 개의 기도문

아르바이트생은 비유와 비계가 적절한
몇 줄을 불판에 올린다

앞뒤가 잘려, 이해할 수 없다

표정이 살점에서 멀어진다, 환풍구에 삼켜진다
곱씹을수록 진물이 맺히는
눈꺼풀이 아물지 못하게 비벼 대며—

달궈질수록 단단해지는 생식 불능의 다짐이
비탈면을 타고 종이컵에 쌓인다

괜찮아, 괜찮아, 별일 아니야,

팀원들을 토닥이는 김 부장은
훌쩍이는 최 주임의 왼쪽 다리를 주무르면서,
우리 최 주임, 최 주임은 항상 웃는 게 보기 좋다면서,

씨발… 내가 좋아서 웃냐?

고기 잘린 단면은 불쑥 놓아 버린 손바닥 같다

김 대리는 오늘도 살점마다 애인의 이름을 붙인다

빼먹지 않으려고 다섯 손가락을 펴고,
다시 하나씩 접어 가면서

벌건 눈에 최 주임은 한 손에 집게를 들고 끈질기다

뒤집으면 후생이 되고, 뒤집으면 검게 그을린 손등이
얼굴을 폭 가려 새로워 보인다

고깃집에서

산타에 관한 오해

크리스마스에 비 내린다

무거워지는 선물 꾸러미를 언제까지
끌고 다닐 수는 없어 저기 잠깐 두자
오늘 같은 날에 누가
제설함을 열어 볼 리 없어

얼어붙지 않으면
비는 눈이 못 된다

저수지가 얼지 않아서
스케이트를 못 타는 연인이 있다

산타는 착한 아이들의 이름이 적힌
메모장 여백에 끄적인다

스케이트 날을 가는 여자가 있다
익사 직전의 여자가 있다

여백이 부족해지면 선물 배달을 마친
페이지를 찢어 이면지에 쓴다

어쨌든 눈사람은 죽은 사람
녹아 없어질 테니까

루돌프의 코를 비틀어도 밤은 온다

산타는 아무 날씨에나 캐럴을 즐겨 듣지만
오늘은 아니다

현관 옆 벽에 바짝 붙어, 숨을 죽인다
노래가 멈추는 밤을 기다린다

그만 잘 시간이야 나의 아가
아끼는 초록색 내복을 꺼내 입으렴

산타에 관한 오해

말똥한 눈으로 창밖을 보며

타들어 가는 눈사람에게 인사하렴

일교차가 크다고 어디 한번 말해 보렴

간질간질한 무릎에 화상 자국을 문지르며

여전히 벽난로는 모두의 로망

내가 어떻게 여기까지 왔는데

2박 3일을 꼬박 달렸는데

눈이 정말 눈처럼 희다는 심정으로

꾸며 낸 이야기로 너를 입히고 먹였는데

메모장에 이름이 없는

아이가 얼어 죽었다는 소문이 돈다

꺼져 가는 모닥불에 동화책을 던지며

눈사람을 태워 죽인 게 누군지 대충 짐작이 가

그만 떠야지 여길,
몸에서 꿉꿉한 냄새 진동하잖아
고향에서 이곳까지 아득히 멀리 왔다니까

선물 꾸러미 안에
내 목숨처럼 아끼는 선물 중에
내 취향은 하나도 없다

산타의 빨간 외투가 짙어진다
루돌프 코에 건전지가 다 되어 간다

제설함 위에 비 내린다

(뚜껑을 열면 50/50의 확률로)
젖은/죽은 고양이로 발견될 나의 첫사랑

산타에 관한 오해

그래 물풍선 같은 허벅지가 낫지
빗물을 가득 채우면 뽀득뽀득 윤이 나기도 하고
포슬포슬 눈 덮여 왁싱을 하다 만 살결보다는,
죽는 것보다는 어른이 낫지

산타는 훔친 카트를 썰매처럼 끈다
"루돌프!" 크게 한번 소리치고,
그쪽으로 한입 베어 문 소시지를 던진다

진눈깨비가 된 수염을 뚝뚝 흘리며

　　눈사람이 산 사람인,
　　산타 마을에서 태어난 아이들은
　　반나절이 평생이다

산타에 관한 오해

돌무덤의 섬 1

1장

남자가 파란 플라스틱 의자를 꿰찬 것은 몇 시간 전의 일이
다. 이른 저녁부터 잠자리에 드는 바닷가 사람들에게 남자
의 행동은 수상해 보인다. 아르바이트생만은 그가 반갑다.
누구에게나 밤은 공평한데, 편의점이 뿜어내는 불빛은 턱
없이 밝았다. 간판은 네모난 경계를 공고히 하는 일에만 관
심이 있었다. 투명한 유리 벽은 가깝다는 말만 되풀이했다.
남자의 침묵만이, 까마득한 거리를 실감하도록 했다. 그는
충분히 멀리 있다. 아르바이트생은 생각한다. 밤새 깨어 바
다를 노려보는 수고를 고려하자면 그를 토박이라 부를만하
다. 그에게 어떤 조언을 들어 볼 법도 하다.

그는 저녁마다 이곳에 왔다. 언제나 같은 시간, 같은 자리에
앉았다. 누군가를 기다리는 사람 같았다—혹은 그렇게 보

이고 싶어서—어딘가로 떠날 사람 같았다—혹은 그렇게라도 하지 않으면 참을 수 없어서—그는 불면증에 시달리는 사람일 것이다. 사소한 다툼을 핑계로 바닷일을 그만두었을 것이다. 신경질적으로 파도의 면면을 가려내는 일에 열중이기에, 약간의 호기심만 보인다면 아무 이야기나 쏟아 낼 것이다. 이야기 중에 심한 욕설도 서슴지 않을 것이다. 가까이 가면 오래된 옷장 냄새가 날 것이다. 몹쓸 모양으로 굳어 버린 입은, 점잖은 부류의 단어를 꺼내려 할 때마다 멋쩍음에 뒤틀릴 것이다. 아르바이트생은 이제 대놓고 그를 본다. 조명에 전신이 훤히 드러나는 카운터에서, 서슴없이 남자의 기울어진 어깨와 구겨진 목덜미를 본다. 목에서 어깨로, 어깨에서 목으로, 그가 돌아보지 않을 것을 확신하면서. 막 하루치의 일을 시작한 아르바이트생은 그의 비밀이 오래 밝혀지지 않기를 바랐다.

평생 낮을 숭배한 덕에 검게 탄 그의 얼굴은 힘겹게 일어나고 쉽게 부서지는 파도를 닮았다. 지금 바다 쪽에서 남자를 본다면 그림자나 다름없다. 눈, 코, 입이 뭉개져 흉포한 표정으로 보일 게 분명했다. 그러나 아르바이트생은 안심한다. 편의점 불빛은 남자의 입장에 아랑곳하지 않을 테니까. 그가 편의점을 향해 걸어올 때 반대쪽으로 늘어지던 그림자는 문을 지나자마자 잘려 사라진다. 남자는 선명해진다. 그가 여태 고수해 온 침묵 또한 계산대 앞에서는 시시한 일이 될 거라고, 아르바이트생은 생각한다. 남자는 컵라면과 지렁이 젤리, 소주 한 병을 계산대에 놓는다. 형광등 아래 손등은 창백하다. 아르바이트생은 바코드를 세 번 찍고 남자를 기다린다. 그의 부지런하고 단호한 동작에도 결과는 굼뜨기만 하다. 몸 구석구석을 토닥이며 찾던 지갑은 네 번째로 살핀 주머니에서 겨우 나왔다. 남자가 기대하는 불운 또한 마찬가지였을 것이다. 의지와는 상관없이 여러 차례 그를 비껴갔을 것이다. 사람들이 그에게 보이는 관심만큼, 모진 운명도 남자에게 별다른 흥미가 없었을 것이다. 그에게 슬픔이라는 수식은 어울리지 않았을 것이다. 하나의 감정만을 갖기에 그는 쓸데없이 주머니가 많았고, 이리저리 굳은살이 박여 두꺼워진 피부에는 어떤 종류의 통증도 쉽게 스미지 못하였을 것이다. 성기고 단단하게 내려앉은 머리칼은 물에 흠뻑 젖더라도 전과 차이를 분간하기 어려웠을 것이다. 나이에 걸맞지 않게 일궈 낸 빚도, 결국 그를 굴복시키지는 못했을 것이다. 그가 매일 감당해 내던 짜디짠 소금기에 비하면 눈물은 싱거웠을 것이다. 불에 타고 남은 재에서 풍기는 냄새를 맡아 본 적이 있는가? 남자에게선 정확히 그 반대의 냄새가 났을 것이다.

소주 한 병을 다 비우기도 전인데 남자의 얼굴이 방치된 낚싯배의 녹슨 선체처럼 울긋불긋해진다. 아르바이트생은 스스로를—손으로는 제 몸을, 입으로는 혼잣말을—더듬거리던 카운터 앞의 남자를 떠올린다, 그 얼굴이 수줍게 보였다고 생각한다. 어쩌면 그에게는 의지할 만한—오징어 배의 불빛만큼 화려한—불빛이 필요했을지 모른다. 그게 마침내 떠올린 기발한 아이디어였을지 모른다. 적어도 이 시간에는 편의점이 근방에서 제일 밝았으니까. 그가 앉은 자리가 바다와 가깝다는 점은 미처 생각 못한 실수일지라도, 값싼 반복으로 이룩한 이 전통은 그가 평생 이뤄 낸 중 가장 보람 있는 성취였을 것이다. 컵라면에 면발이 다 불어 터질 때까지 그는 한밤중의 바다를 응시한다. 그는 뜨거운 조명과 갈채가 쏟아지는 무대에 오른 드래그 퀸[0] 같다. 그는 주위의 모든 시선과 함성을 못 들은 체하는 대담함을 보였다. 특히, 저—코골이를 멈출 생각 없는—시커먼 관객 쪽으로 약점을 보란 듯이 드러낸 채로—비밀을 들키는 게 쇼의 하이라이트라도 된다는 듯이—큐빅이 빽빽한 무대 의상처럼 굴곡이 충분한 얼굴을 하고, 받은 빛을 쪼개어 눈부시게 발산하고 있다. 모습을 감춘 것들 사이에서—말을 하다 마는 파도 사이에서—일어나는 사건을 행여 놓치기라도 할까 봐.

수평으로 펼친 막이 닫히고, 열린다, 해안가의 주름진 입천장을 훑고 있다. 바다의 느릿한 딸꾹질은 그치지 않을 것이다. 아르바이트생은 생각한다, 저 짓을 그만두면 바다가 아닌 거라고. 저기 얼어붙은 해변을 뛰어노는 연인이 오직 그들뿐이라는 믿음을 무기로 소란과 무례를 범하는 중에도, 슬슬 발이 어는데도, 그들을 구해 줄 수 있는 건 해변 끝에 설치된 시멘트 계단뿐이라는 걸 깨닫더라도 뜀박질을 그만둘 수 없듯이, 남자 또한 받아들여야 한다. 거대함이든 사소함이든 오래 들여다볼수록, 말단에 가까울수록 흐느끼는

0   여장 남자 가수

소리가 된다는 사실을. 작게 진동하는 그 성가신 떨림은 생각보다 자장가로 좋다는 사실을. 일단 플레이리스트에 추가해 두고 즐겨 듣는다면 익숙해질 수 있다. 약간의 열과 오랜 반복으로 늘어진 카세트테이프처럼 노래는 망쳤지만, 템포는 알맞게 느려진다. 그래서 이렇게 졸음이 쏟아지는 거다. 아르바이트생은 뻑뻑한 눈으로 남자를 본다. 우리는 겨우 4분 남짓의 노래가 아니라—끝나지 않을—맥박을, 또렷한 코골이를 들으며 몸을 불려 왔다는 사실을… 그러니 불평하는 건 남자 하나면 충분하다. 훼방꾼은, 구경거리는, 애처롭게 보이는 건 언제나 남자 쪽이어야 한다. 무대가 지루해진 관객처럼, 처음부터 공연에는 관심 없고 야광봉을 손에 꼭 쥐고 졸린 아이처럼, 아르바이트생은 끔벅거린다. 바다의 허파가 평온해지길 원하는 건, 돌무덤이 그저 돌무덤이길 바라는 건 남자로 충분하다. 나는 아니다.

(암전)

무인도인 줄 알았던 섬을 구경하다가, 돌무덤을 발견하게 되면 반가울까, 무서울까. 여기서 누가 죽었다는 말이고, 누군가 분명 살아 있었다는 말이다. 그런데 섬에 무덤이 하나뿐인데, 사람은 아무도 없고. 그럼 돌무덤을 만든 게 누구지?

2장

더는 보여 줄 게 없는 바다라 할지라도, 여행지에서 겨우 두 번째 밤을 맞이한 이들에게는 흥미로워 보인다. 넓은 자리를 두고 굳이 남자 근처에 앉은 이들에게는 아무 이야기나 실어 나르는 바다의 고약한 취미가 있다. 덕분에 잡담이 끊기는 지점의 고요를 견딜 수 있다. 여행객들이 남자를 흘겨본다. 그는 어딘가 정신이 팔려 있다. 테이블에 말라붙은 라면 국물 자국을 멍한 표정으로 본다, 이내 엄지 끝을 테두리에 대어 본다. 눅눅해진 종이컵을 들었다가, 테이블에 놓는데 소리가 없다. 비닐을 부스럭거리며 지렁이 젤리를 꺼낸다. 잘린 말미잘처럼 움직임이 없다──그러나 언젠가는 분명 살아 있었다는 듯──물 밖인데도 여전히 물기를 머금고 있다.

남자에게는 사랑하는 여인이 있었다고 한다. 간만의 대화에, 취기에, 약속도 깜박한 그가 농담처럼 늘어놓은 고백에 의하면, 여인은 그의 손에 죽었다고 한다. 그 한 번의 전과가 남자를 이 섬에 정착하게 했다고 한다. 단순한 사고였는지, 강간 미수였는지, 자살에 공모한 것인지, 남자는 정확히 기억하지 못하였다. 다만 마지막 순간에 여인은 맨발로 걸었다고 한다. 낚싯배 위로 여인의 머리칼이 올려지던 날, 배의 주인은 아침부터 같은 노래만 흥얼거렸다고 한다. 그물을 있는 힘껏 젖혀 올리며, 마침내 머리가 물 밖으로 나왔을 때, 손은 바다에 묶이고 척추는 둥글게 굽어 있었다고 한다. 온갖 물고기들이 여인을 알아보고 젖 빠는 시늉을 했다고 한다. 몽돌에 알알이 불어 터진 살결을 안았다고 한다. 어부는 그물에 엉킨 머리칼을 걸러 내려 갑판 아래쪽으로 허리를 숙이고, 노래는 아예 멈췄다고 한다. 사람들은 그제야 그 길을 마음 놓고 걸었다고 한다. 돌무덤을 둘러 둥글게 난 길을.

그 후로 많은 것들이 달라졌다고 한다. 사람들은 내키는 대로 돌을 가져다 썼다고 한다. 저기 완성 직전의 무덤이 그 증거라고 한다. 이제 여인을 기억하는 건 남자 하나뿐이다. 남자만이 여인의 나이를 정확히 알고 있다. 그는 섬의 모든 것을 여인으로 오해한다. 모래사장은 말할 것 없고, 모래사장 바깥 자리를 차지한 솔밭과, 솔밭을 주차장으로 쓰는 모텔의 연분홍색 회벽마저, 간이 화장실과 오징어 배의 전구 하나까지도 여인의 품을 빌어 발명된 것이라 주장한다. 편의점 간판의 철저한 감호 아래 오갈 데 없는 남자는 하루 단위로 늙어 가는 여인을 떠올리는지 모른다. 여인의 일생을 하루로 환산하자면, 늦은 저녁 그가 편의점 앞 의자에 앉는 시간은 여인이 남자를 만났을 당시의 나이와 같을 것이다. 컵라면이 익는 동안 여인의 머리칼은 자라고 또 자랐을 것이다. 헐벗었던 여인이 어느새 불어난 옷가지를 여행용 트렁크에 구겨 넣는 동안, 남자는 소주 한 병을 채 못 비웠을 것이다. 젤리가 두어 개 남을 쯤이면, 여인은—귓가에 축축하였던 남자의 고백이 다 말라—기억이 가물가물할 만큼 늙었을 것이다. 여인은 매일 바다에 나가 죽고 또 죽을 것이다. 여인의 숨이 완전히 끊어진 것을 확인하고서야 남자는 졸린 기색으로 편의점을 떠날 것이다. 그리고 다음 날이면 다시 저 파란 플라스틱 의자에 앉아, 주뼛주뼛 여인에게 말을 건넬 것이다. 몇 번이고 여인을 죽이고, 여인을 묻을 것이다. 남은 시간 동안, 흩어진 돌을 주워다 그 위에 올릴 것이다.

산 남자가
죽은 여자 위에
돌을 덮는다

섬의 인구는 2명
이제 1명

훗날 남자가 죽어도
돌무덤 1개

남자의 고백은 깜짝할 새 잠잠해진다. 오늘의 날씨가—먹기 좋게—햇살을 으깨어 구름 아래쪽으로 쏟아 버리자, 바다의 호흡이 잦아든다. 심지어 온화하게 보인다. 흥미를 잃은 여행객들은 자리를 떠난 지 오래다. 아르바이트생은 카운터에 구부정하게 앉아서 꾸벅꾸벅—풀린 팔짱을 하고—졸고 있다. 훗날 누군가의 여행담에 그가 등장할지 모른다. 그들은 남자와, 남자가 앉아 있던 파란 플라스틱 의자와,

파라솔 접힌 테이블을 떠올릴 것이다. 비유를 덧붙여, 쓸모를 잃고 한자리에 정박한 배를 묘사할지 모른다. 단단한 콘크리트 바닥에 고정된 밧줄이 붙드는 중에도 물살이 원하는 만큼 흔들리는 그의 모습을—낚싯바늘에 꿰어진 지렁이처럼—팔목과 팔꿈치를 휘적거리며 묘사할 것이다. 정박지를 코앞에 두고도 불면증에 시달리는 그가, 떠 있지 않으면 잠들지 못한다는 사실을 처음 알았을 때의 표정을, 배가 흔들리는 중에 자꾸만 축축해지는 의사의 소견서를 손에 쥐고 씨팔… 씨팔… 중얼대는 입 모양을 흉내 낼지도 모른다. 친구들은 부풀려진 여행담을 듣고 웃거나, 몇몇은 남자의 황당한 얼굴을 떠올릴 것이다. 그러나 정작 중요한 이야기를 꺼낼 때쯤이면 대단한 에피소드는 아니라며 말을 멈추고, 불친절했던 아르바이트생 이야기나—목덜미 긁는 시늉을 하며—끈질긴 바다 모기 이야기나 더 할 것이다. 그리고 두 번 다시 남자에 관한 이야기는 꺼내지 않을 것이다. 어차피 이들의 여행지에서는 곧잘 그런 일들이 벌어졌으니까.

"여기가 섬이었다는 게 믿어져?
그토록 돌이 많았다는 것도. 돌에는 감정이 없으니까,
숨을 헐떡이기도 바람에 날리지도 않으니까,
쉽게 무덤이 될 수 있었던 거야."

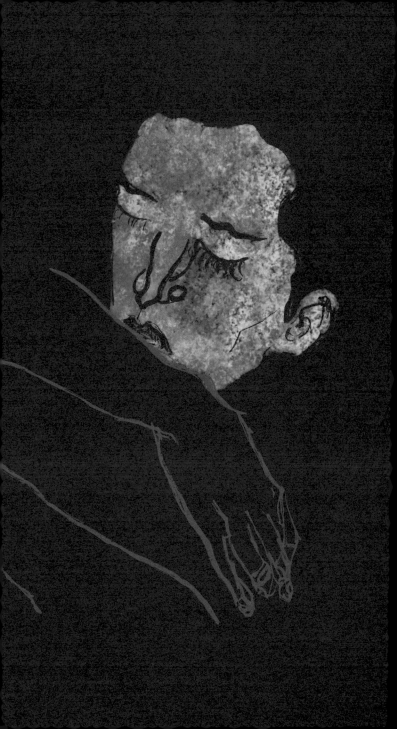

토스트

토스트기에 좆을 박고 죽었대

사고래? 자살이래?
아니면 타살?

조용한 친구였어
이상한 친구였지

뭐가 미워서 그런 거래?
토스트기랑 좆이랑
둘 중에

야, 농담이 나와?
그런 거로 사람 안 죽어

정말 증오한 건 아침이고 식성이고
접시에 들러붙은 과오들이고

사랑한 건 아무것도
없으니까 죽었겠지

오래 기다린 건
지난주에 주문한 토스트기

다 타 버렸네, 시간 없는데.

친구가 마지막으로 남긴 말이래

뜨거웠겠다
진짜 외로웠겠다
토스트기 구멍은 두 갠데
좇은 하나고

되게 이상했겠다
마지막 순간까지 남은 구멍에서
멀쩡한 토스트가 나오는 기적이 있었고

토스트

글쎄, 그런 거 아니라니까
왜 그런 날 있잖아, 간지러운 날
후라이팬에 남은 시커먼 자국에
웃음이 안 멈췄대

그 농담보다
농담 같을 자신이 없었대
방법이 없었대 죽는 게
죽는 것보다 싫었대

그날로 주문한 거야

아무 구멍이나
보고 발기하는 좆이 되거나

가장 뜨겁게
달궈지는 질이 되거나

그런 게 아니라면 누가
관심이나 있겠냐면서

*"금일 식사는 고인의 뜻에 따라
육개장 대신 토스트가 제공됩니다."*

조문객들은 바삭하게 구워진 식빵에
딸기잼을 바른다

너를 떠올릴 때마다
고소한 냄새가 폴폴 난다

..

왜 하필 토스트래?

들어 봐.

토스트

토스트,

토스트,

고스트. [0]

귀신이 좋아할 만한 음식이잖아

죽는다는 건, 냄새가 아주 사라지는 건데

이런 냄새를 누가 마다하겠어

토스트.

토스트.

너는 들리는 소리가 좋다

고소하다

잡담이 식탁보로 깔린 장례식장에서

너는 빵 대신 소문으로 배가 부르다

식은 토스트기 안에서 천천히
그리고 알맞게 나이를 먹는다

빼꼼히 고개를 내민다
바스락바스락,
말 대신 빵을 남긴다

고마워, 여기까지 와 준 너희에게
선물할게, 나의 아침을.

너의 아침은 익힘 정도가 좋다
그만 침이 흐른다

0   만화 영화 〈네모바지 스펀지 밥〉, '투명 인간 소동(Pranks a Lot.)' 에피소드에
     나오는 대사.

토스트

책과 사탕

사탕을 입에 물고, 삼키지 않는다. 책을 읽기 전에 여자가 하는 일이다. 포도인지 레몬인지 달콤한 과일 향이다. 문장 한 줄을 읽고 침을 한 번 삼킨다. 왼쪽 볼에서 오른쪽 볼로, 다시 왼쪽 볼로, 사탕이 어금니를 넘어갈 때 덜그럭 소리가 난다. 종이를 한 장 넘긴다. 긴박한 장면에서, 흘러내리는 단 물을 누가 훔쳐 먹기라도 할까 봐? 입술을 오므리고 놓치지 않 게 홀짝거린다. 괜스레 나를 한 번 살피고, 입맛을 다신다. 낱장의 모서리를 미리 붙들고 넘기기 직전이다.

사탕은 책보다 먼저 없어질 것이다. 그 전에 서둘러 나를 놀 래 줄 작정이다. 영영 재울 셈이다. 한 손으로 책장을 넘기 며 남은 손으로 부산스럽게 나를 만진다. 입 안에 사탕을 빠 르게 굴리며 안심하라는—혹은 각오하라는—의미로 나의 어깻죽지를 잡고 가죽 안쪽에 미끄러지는 어깨뼈를 애써 가늠한다. 성가심에 슬쩍 몸을 빼면 이때다 싶어 자세를 고쳐 앉고, 본격적이다. 무방비로 드러난 배를 일렁이도록 쓸어 올린다. 뱅글뱅글 회오리를 만들었다가, 조금이라도 내가 신경질을 내려는 낌새가 보이면―슬슬 지루해지면―가벼이 토닥이는 것으로 마무리한다. 그마저도 박자를 틀린다. 내 심박은 여자보다 빠른데, 여자가 짐작하기에 알맞은 템포로 나를 토닥인다. 그게 사탕이 하는 일이지. 순 엉터리다. 나는 하품이나 실컷 하고 싶다. 뒷이야기가 궁금하지 않다. 같은 결말만 벌써 여덟 번째다. 여자의 머리가 어떻게 된 걸까? 나도 기억하는 걸 모른 척한다. 아니면 내가 사탕의 맛을 몰라서일까? 이야기의 말미가 되면 여자는―처음 하는 고백처럼―떨기 시작한다. 맙소사, 고작 하나의 이야기를 마치는데 너무 많은 설탕이 필요하네. 여자는 푸념하며, 여전히 말똥말똥한 나를 원망한다. 늘 같은 지점에서 조바심을 낸다. 그래 봤자, 내 심박이 여자보다 느려질 리 없는데, 못 참고 사탕을 깨문다. 그게 사탕이 하는 일이지.

나이팅게일이 새장 밖을 뜬금없이 날아오른다. 야자열매의 떫은 뒷맛을 남기고, 화산섬에 아이들이 주섬주섬 양말과 속옷을 챙긴다. 풀숲을 버티고 선 말의 앞다리에 기댄 소녀가 졸린 눈을 비비며, 저 추잡스러운 입을 드디어 다물었네. 어제 늙은 개를 읽어버린 사내가, 오늘은 계단 가장자리에서 창틀에 앉은 새를 노린다. 실어증에 걸린 여자가 부엌으로 걸어간다―음음, 목을 풀며―날달걀 하나를 꺼낸다.

나는 오렌지인지 망고인지 모를 향을 맡는다. 그것은 알록달록한 과일이 한데 그려진 틴 케이스 안에 있었다. 뻑뻑한 뚜껑이 실수처럼 열리면, 경박한 소리와 함께 온갖 과일 향이 온 집안에 뒤죽박죽 퍼진다. 케이스 안에는 각기 다른 색을 띠는—눈깔 모양의—사탕이 슈가 파우더를 온몸에 묻히고 엉기성기 차례를 기다린다. 사탕 맛이 궁금하긴 하다. 그러나 시도는 하지 않는다. 달콤할 거 같긴 하지만, 여자가 사탕으로 무얼 하는지 알잖아.

어쩌면 사탕을 알고부터다. 여자는 많던 수다가 줄었다. 수다가 줄어드니, 결정에 머뭇거림이 없어졌다. 동작에 군더더기가 사라졌다. 정리 정돈이 몸에 뱄다. 손톱이 상하지 않고 틴 케이스를 여는 노하우와 동화책 속독법을 익혔다. 여자는 언제든 나를 무릎에 앉히고 적절한 색과 향을 꺼내 들려주는 이야기꾼이다. 또 어디서 배웠는지, 알맞은 시간에—너무 늦지 않게—이야기를 끝내는 요령을 써먹는다. 그만 잘 시간이라며—가증스럽게—가짜 하품을 하기도 한다. 뻔한 술수에 넘어가는 게 자존심 상하지만, 나는 여지없이 느려진다. 여자는 단호하게 책을 덮는다. 여자는 밤과 낮의 차이를 단번에 구분한다. 필요하면 마트에 간다. 한 달 치의 사탕을 미리 사 둘 만큼 부자다. 다시 죄책감 없이 틴 케이스를 연다—뚜껑을 비틀어 열 때 소리가 멀리서 들리다 마는 비명 같다—빈백에 거의 눕듯이 앉아서, 일찌감치 입에 사탕을 굴린다. 반강제로 나를 끌어다 자기 옆에 놓는다. 그 뒤로는 나도 모르겠다. 여자가 넘겨짚는 책의 어느 지점부터 다시 현재가 되고, 반대 방향으로 종이를 번복하는 경우는 없다. 나를 뺀 모두가 굉장한 프로다. 책 속의 누구도 주저하지 않는다—주저하는 역할을 맡았을 때를 제외하고는—나는 정신이 하나도 없는데 언제든 매끄럽게 재생된다. 여자가 무슨 말을 떠벌리는지 반의반도 못 알아먹겠다.

어쨌든 여자의 두 볼에 생기가 돈다. 여자는 잊고, 나아간다—무작정 숲을 가로지른다. 못 본 척 지나친다—출처 모를 용기가 여자를 휘감는다. 멀찌감치 있는데도 달아오르는 열기가 느껴진다. 자꾸만 입으로 숨을 쉬니까, 이마 언저리에서—오늘은—자두 향이 진동한다. 여자는 책의 두께를 그저 낱장의 합으로 안다. 패키지여행 중인 관광객처럼 선크림과 등산화로 무장한 채—저 우스운 꼴로—그저 넘기고 넘긴다. 오로지 완주에 몰두한다. 그게 사탕이 하는 일이지.

당연히 나는 불만이다. 여자가 책 모퉁이를 쓸다가, 이어 반복적으로 예리한 한 겹, 한 겹을 걷어 낼 때, 금방 손이 베일 것 같다. 저런 위험한 물건이 집에 있는 것 자체가 문제다. 나는 소리에 민감하니까, 여자가 종이를 넘길 때 휘어졌다가, 다시 회복하는 소리만으로 기분이 좋아지긴 한다. 하지만 그뿐, 우리는 더 많이 잃을 것이다. 조심성 없는 여자는 언제 한번 크게 당할 것이다. 그러니까 주의를 기울여야 한다. 언제나 최악의 상황에 대비해야 한다. 행여 그 책이 여러 겹의 가죽을 두른 야생 동물이었다면? 가죽을 함부로, 섣불리 벗겨 낼 엄두는 못 냈을 것이다. 책은 그런 식으로 읽는 게 아니라고 하겠지만, 모르는 일이다. 특히 위험한 동물은 숲속 깊은 자리에서, 소리가 없다는 점을 명심해야 한다. 겉만 봐서는 모른다. 불운한 여자가 포악한 실체를 기어이 맞닥뜨리게 되면 그땐 늦은 거다. 관광객의 해맑던 얼굴이 파랗게 질린 조난객의 얼굴이 되는 건 한순간이다. 어느 날 그 짐승이 망연자실한 얼굴로 여자 앞에, 너덜너덜해진 낯장의 피부를 두르고 뼈를 반쯤 드러낸 채, 제 영역에 발을 딛고 선 천진한 여자를 노려보는 장면을 상상해보라. 노려보는 내내 부어오른 염증을 발톱으로 긁으며, 진물에 떡진 털을 번들거리며, 침은 질질 흘리며, 꼬이는 날벌레를 쫓지도 않고 오직 여자 쪽으로. 그때가 되면 무슨 일을 당해도 할 말 없다.

내 말을 믿어야 한다. 치사하다고 생각할지 모르지만, 나는 여자가 주저앉았던 날에 찢어발긴—화산섬이 그려진—팸플릿을 몰래 숨겼다. 일종의 보험이었다. 수십 가지 이야기의 결말을 달달 외우면서 정작 자신의 결말을 모르는 여자를 위해. 자고로 보험이란 사랑하는 이가 사랑하는 이 모르게 들어 두는 게 아니던가? 더구나 보험은 불행이 닥치고 나서야 효력이 발생한다는 점을 유념하자면 내가 제격이다. 나는 의연하고 인내심이 강하고, 여자보다 밤잠이 없으니까.

나는 숲의 한가운데 잠시 멈춰, 흐트러진 짐승의 털을 혀로 핥아 어른다—여덟 페이지가 넘는—보험 증서의 특약 사항을 짐승의 귓가에 꼼꼼히 읽어 주며, 수면을 유도한다. 멈춘 여자가 받게 될 보험금을 확인한다.

두고 보면 안다. 어느 날 문득 사탕이 뚝 떨어지면, 여자의 입 속에서 끝내 사탕이 돌지 않으면, 무엇이 여자를 굴리나? 유일하게 당황하지 않고 여자 입 속에 뭐라도 넣어 주는 게 누구인지, 두고 보면 안다.

나는 여자와 살며, 여자가 흘리고 다니는 침과 잠음을 몸에 묻혔다—내가 목욕을 싫어하는 데에는 이러한 속사정이 있다—나는 언제든 저 컴컴한 비밀과 불결의 한가운데 앞발을 내밀 듯, 말 듯 하며—요즘도 머뭇거리기는 하지만—이내 도굴꾼의 순박함으로, 세공사의 섬세함으로, 공사판에 널린 잔해 속에서 보물을 찾는다. 나는 못 속인다. 나는 현관 앞 계단에서 떨며 흐느끼는 여자의 소리를 몇 번이나 들었다. 내 귀는 못 속인다. 여자가 중얼거리던 이름, 외우지는 못해도 다시 듣게 된다면 나는 곧바로 뛰어 올라 맞장구를 칠 것이다. 내 털은 못 속인다. 벌어진 철문 사이로 여자는 아무렇지 않은 척 들락날락했지만, 그날만큼은 방법을 잊은 듯 보였다. 비 온 직후의 거리처럼 꿉꿉한 여자 내부의 침전물이 약간의 진동만으로 향과 맛을 뿜어 대고 있었다. 내 코는 못 속인다. 나는 기꺼이 여자를 딛고, 나의 앞발을 더럽힌다. 계단 가장자리에 멀뚱히 선 여자가 창틀에 앉은 새를 어쩔 작정인지 나는 알았다. 내 꼬리는 못 속인다. 손에 구겨 쥔 채, 페이지를 못 넘기던 팸플릿은 여자가 완주 못한 첫 번째 책이다. 그리고 아이에게 읽어 준 마지막 책이었다. 내 발톱은 못 속인다. 아이에게 챙겨야 할 양말과 속옷 개수를 알려 준 게 여자였다. 여자에게는 사탕이 전부가 아니다. 나는 속여도, 내 눈은 못 속인다.

공전을 그친 행성에 초점이 맞는다. 동그랗게 구멍을 낸 천을 환자의 옆구리에 대고 맨살을 가르듯, 행성의 중앙을 세로로 가르는 선―가르자마자 무뎌지는―불어나는 낱장의 두께. 벌어지는 나의 동공. 컴컴한 속에서 나의 눈알은 참예쁘다. 예쁜 눈알로 여자를 본다. 슬픔을 얕보지 마. 가짜 과일 향으로, 집을 어지럽히지 마. 나는 부엌 바닥에 엎드려, 식탁 다리에 어깻죽지를 기대고 있다.

무심결에 잠든 여자의 입을 핥았다가 놀란 적이 있다. 입 속에 덜그럭 소리가 들리지 않는데, 여전히 단맛이 남아 있었다. 어쩌면 여자도 낱개의 사탕을 잃고, 두께가 사라지는 꿈을 꾸는지 모른다. 영영 깊어지기만 하는 밤이나, 눈이 멀었는데도 끝나지 않는 낮. 페이지가 없는 책을 읽고 있을지 모른다. 여자도 알았겠지, 낱장의 무게가 얼마나 무거워질 수 있는지. 하나의 챕터를 채 끝내기도 전인데, 여자의 허벅지에는 내가 놀란 척 그은 생채기로 가득하다. 빠른 걸음으로 못 본 척 지나치는데도―여자를 알아보고―죽순 같은 슬픔이 줄줄이 돋아나는 숲길처럼. 사탕 하나면 충분하네, 단물이흘러넘치는 제로 음료 공장의 요술처럼. 살짝 눈만 붙이면 깊은 잠에 접어드는 놀이를 나랑 할 수 있다. 여자는 아무래도 뜬

금없고 유치하다고, 이런 허접한 이야기는 처음이라고 비아냥거릴지 모르겠지만, 상관없다. 나는 감독 몰래 눈을 깜박이는 B급 영화 속 시체들처럼 허술하게, 물엿에 식용 색소를 섞어 만든 끈적한 피를 여자와 번갈아 입에 묻히고 여기 눕고 싶다. 식상한 과일 맛이 아닌 여자가 여태 잊고 살았던 맛이라 하고 싶다.

낙엽 무게만으로 사람이 죽는 이야기. 바스락 소리가 유일한 대사인 이야기. 마지막 열매가 떨어지고, 썩고 말라비틀어져 남은 과육을 새와 벌레가 맛보는 게 해피 엔딩인 이야기. 그러나 여전히 풀리지 않은 수수께끼가 차고 넘쳐서 잡아들일 범인과 사랑할 연인이 끊이지 않는 이야기. 어느 하나 그냥 넘길 수 없는—밤새 페이지를 넘기고 스크롤을 내리면—내 배 아파 낳은 아이와 그 아이의 아이가 닮고 닮은 얼굴로 펼쳐지는 이야기. 오래 읽어도 이가 상하지 않는 이야기. 시작이 반이고 반이 다인 이야기. 만질 수 없지만 위장에 찬 가스처럼 분명한 감각과 향을 가지는 이야기. 읽다 말아도 아쉽지 않고, 그러나 혀 안쪽에 무늬로 돋아 몇 번의 양치 후에도 가시지 않을 뒷맛이라고 하고 싶다. 이번엔 내가 들려줄 차례다. 몇 번이고 들려줄 수 있다. 나는 언어가 없어서 몸짓으로 들려주는 이야기가 어쩌면 매번 신선하게 들릴 것이다.

움직이지 마.
이제 우린 시체야.

방금 먹었지? 먹지 말라니까,
아까도 혼났으면서 또 그러네.

실눈 뜬 거 다 보인다, 들키겠어.
궁금해도 참아. 소리 들으면 몰라?

그렇게 처음부터 나처럼 눈 뜨고 죽은 시체를 골랐어야지.

그만 먹어. 놔둬,
흘러내리게. 무서워지게.

지루하면 몰래 자,
코만 골지 말고.

여기 계핏가루를 조금 탔으면 색이랑 향이 더 좋았을 텐데.

오랑우탄은 사랑을 할 때 그곳에 간다
나무둥치에 보닛이 박혀 찌그러진 채로
버려진 스포츠카 주위를 서성인다

4

우우! 하! 우하! 하! 우하!
(낙엽이 수북한 뒷좌석보다는)
우아우! 우하! 하! 아!
(이끼 낀 트렁크가 낫겠다)

4부

어지럼증을
유발할 수 있음

족보

여기 a, b, c, d, e, f, g라는 사람이 있다고 가정해 보자.

a와 b가 서로 사랑하고,

c와 d가 서로 사랑하고,

e와 f가 서로 사랑하고,

g와 a가 서로 사랑한다고 가정해 보자.

a와 b가 낳은 아이는 ab/4가 되고,

([a/2]×[b/2]=ab/4이므로,)

c와 d가 낳은 아이는 cd/4가 되고,

([c/2]×[d/2]=cd/4이므로,)

e와 f가 낳은 아이는 ef/4가 되고,

([e/2]×[f/2]=ef/4이므로,)

g와 a가 낳은 아이는 ga/4가 된다.

([g/2]×[a/2]=ga/4이므로,)

시간(T)은 흘러,

(이때, T=30×8760h로 가정한다.)

ab/4와 cd/4가 만나 사랑하고,

ef/4와 ga/4가 만나 사랑하게 되었다고 가정해 보자.

ab/4와 cd/4가 낳은 아이는 abcd/64가 되고,

([ab/8]×[cd/8]=abcd/64이므로,)

ef/4와 ga/4가 낳은 아이는 efga/64가 된다.

([ef/8]×[ga/8]=efga/64이므로,)

시간(T)은 흘러,

abcd/64와 efga/64가 끝내 사랑에 빠졌다고 가정해 보자.

여기까지가,

나의 어머니와 아버지가 만난 러브스토리다.

따라서,

나는 abcdefga/16384다.

나는 위 줄의 누구보다 0에 가깝다.

(단, 0에 수렴할 뿐, 0이 되지는 못한다.)

(그러므로, 따라서, 어쩌면, 나는 엉터리 명제다.)

(실제 나의 하반신에는 훨씬 빼곡한 숫자가 있겠지.)

시간은 흘러,

나와 처지가 비슷한, ********/16384가 된,

사람을 만났다고 가정해 보자.

그와 곱셈을 거듭할까?

나보다 0에 가까운 아이의 눈곱을 떼어 줄까.

혹은,

16384/abcdefga의 모습을 한 신이 있다고 가정해 보자.

예배당에 신도들은 0을 멸망이라 부른다.

그들의 입을 따라서
1에 관한 노래를 할까?

피실험자 이 모 씨의 일일

이 모 씨가 가상 세계에 갇힌 지 벌써 나흘째였다.
가상 세계 기준으로는 34년이 막 지나고 있었다.

··

〈하루 살기 프로젝트〉가 발표되고 많은 지원자가 몰려들었다. 단순히 호기심 때문만은 아니었다. 관계자의 설명에 의하면, 하루가 반복되는 이 가상 세계에서 보내는 10년은, 현실 시간으로 따지면 하루에 불과했다. 이것이 사람들의 관심을 받게 된 이유였다. 그들은 수백 개의 하루가 축약된 단 하루를 떠올린다. 끝없이 반복되는 하루 안에서 느긋하게 책을 읽거나 악기를 익히거나, 근심 없이 먹고 자고 무슨 일이든 해 보고 싶었던 것을 무한히 시도하는 자신을 상상한다. 행여 오늘 실수를 하거나 잘못을 저지르더라도 넉넉하게 준비된 오늘이 있다.

그러나 누구나 체험할 수 있는 단계는 아니었다. 안전성 확보를 위해 베타 테스트가 선행되어야만 했다.

연구원들이 테스트 절차와 특징을 설명한다.

> 피실험자가 잠을 청하듯 가상 세계에 접속하면, 같은 하루가 정확히 3,650회 반복됩니다. 가상 세계에서의 하루는 매일 전날과 똑같은 상태로 리셋되지만, 피실험자의 기억은 유지됩니다. 그렇게 가상 세계 기준으로 10년, 현실 기준으로 하루가 지나면 피실험자는 깨어납니다. 테스트가 진행되는 동안 대부분의 신체 기관은 생물학적으로 하루를 자고 일어난 것에 불과하지만, 뇌만큼은 쉬지 않고 동작하여 10년이라는 시간을 온전히 경험하게 됩니다.

연구원들은 설명 중에 '하루'라는 단어를 반복한다. 아쉽게도, 단 하루만이 시뮬레이션 된 세상이라고. 다행히, 하루만 지나면 실험 끝이라고.

> 고작 하루입니다. 몸에 무리가 될 리 없습니다. 여기서 뇌가 경험하는 10년은 노화라는 표현보다는 업데이트라는 표현이 적절할 것입니다.

연구원들은 그 신비로운 세계를 아주 우연히 만들어 냈다고 한다─설명 중에 '우연'이라던가, '기적'이라는 단어를 자주 들먹인다―왜 단 하루만 시뮬레이션 된 것인지, 왜 똑같이 반복되는지, 어째서 현실에서의 하루가 가상 세계에서의 10년에 상응하는지, 연구원들조차 정확한 이유는 답변하지 못하였다―답변할 때마다 의기소침해진다. 캐물을수록 확신보다는 신비나 호기심에 매혹된 아이의 얼굴로, 될 대로 되라는 식이다. 어쨌든 굉장한 발견인 건 맞고, 현시점에서 해당 현상의 원인을 규명하고 패턴을 정립하는 연구를 그만둘 멍청이는 없으니까―다만 예측하건대, 현실과 구별이 불가능한 수준으로 구현한 사실적인 그래픽과 단 하루 일지라도 24시간 동안 피실험자가 자유롭게 선택하게 될 수천수만 가지의 변수를 고려하자면 하루치의 모델링 데이터만으로도 프로세스상 원활한 처리가 버거울 것이라고 하였다. 더구나 리얼타임 적용 시 버퍼링이 극심해질게 명백하였기에―현재 구동 중인 하드웨어 성능으로는 이를 감당하기 충분치 않았다―이런저런 기술적 한계와 제약으로, 가상 세계에 시간이 상대적으로 적용된 것은 데이터 압축을 위한 불가피한 선택, 혹은 현재까지 연구된 수준으로는 완벽한 설명이 불가능한 현상이라고 조심스레 답변하였다. 연구원들은 이 테스트를 중요한 전환점 삼아 다각도의 심층적인 연구가 기대된다는 말을 덧붙였다.

원인이 뭐든 간에 하루를 더 추가하려고 시도할 때마다 가상 세계는 작동을 멈췄다. 다행히, 단 하루만이 반복되는 가상 세계는 오차 없이 작동했다. 이미 많은 실험용 쥐들이 성공적으로 하루 살기를 체험 중이었다.

..

인간 대상 실험이 얼마 남지 않은 시점에 치명적인 결함이
보고됐다. 극히 낮은 확률이었지만, 가상 세계에 갇혀 버리
는 경우가 발생했다—실험 중이던 455번째, 667번째 쥐가
가상 세계에 고립되었다—이 때문에 인간 대상 실험을 예
정대로 진행해야 할지 중단해야 할지, 관계자들 사이에서
도 의견이 분분했다. 그 부작용은 사형 선고나 다름없었기
에.

소식이 알려지고 일부 지원자들이 겁을 먹고 돌아갔다. 집
으로 돌아간 지원자보다 겁을 먹은 건 주최 측이었다. 여전
히 많은 수의 지원자가 남아 있었지만, 부정적으로 돌아선
여론에 행여 프로젝트에 차질이 생길까 마음이 급해졌다.
"단 하루면 충분합니다. 10년의 시간을 벌어 보세요."라는—인
터넷 배너 광고에 쓰일 법한—슬로건을 대형 옥외 광고로
내걸며 공격적인 홍보에 나선 것은 그러한 이유에서였다.

광고의 효과는 미미했다. 그러나—간절함이 하늘에 닿기라
도 한 건지—현재 주최 측이 후원사를 설득 중이고, 이에 후
원사는 프로젝트를 긍정적으로 검토 중이며, 이로써 실험
참여 사례금이 천문학적일 것이라는 루머가 확산되면서 경
쟁률은 오히려 높아졌다.

루머의 진위와 출처는 밝혀지지 않았지만, 어쨌거나 후원

사 입장에서 막대한 투자 비용은 그리 대수롭지 않았을 것이다. 프로젝트 성공으로 기대할 수 있는 시간의 양적 혜택은 기업가들과 정치인들을 포함하여 시간이 가장 큰 무기이자 약점인 여러 계층의 사람들에게 무척이나 매력적으로 보였을 테니까. 똑같은 하루를 반복해야 한다는 특수성을 차치하더라도, 무궁무진해 보이는 활용 방안을 그들은 끊임없이 구상했을 것이다. 이를 위해 사용자가 시뮬레이션에 갇히는 부작용의 원인을 찾아내고 시스템 안전성 확보를 위한 인간 실험이 하루라도 빨리 진행되기를 기대했을 것이다. 해당 프로젝트는 국가적인 지지를 받았고, 실험은 강행되었다.

피실험자로는 서울 출신의, 32세, 미혼 남성, 길에서 흔히 마주칠 법한 외모를 가진, 신장 174, 체중 68, 전과 없고, 문신 없고, 산책과 영화 감상을 취미란에 적은, 지난달까지 광고 대행사 경영 지원실에서 근무했던, 현재는 무직, 이 모씨가 선정되었다. 프로젝트 관계자들은 한 번밖에 주어지지 않은 인간 대상 실험의 신뢰도를 높이기 위해 최대한 평균치에 가까운 대상자를 물색하였는데, 지원자 중 기준에 가장 부합하는 인물이었다.

그는 축복받았다. 감옥에 갇혔다. 미쳐 버릴 게 분명해. 그래 봤자 10년인데? 이 실험이 참신함 외에 어떤 가치가 있는가. 거길 제 발로 가네. 깨달음을 얻을 것이다. 10년이 뭐가 길다고. 우리 인식의 지평을 넓혀 줄 것이다. 정치계와의 유착 관계를 밝혀야 한다. 비로소 새로운 차원의 문이 열렸다. 인간들 손에 죽어 나가는 실험 비글을 아시나요? 내가 쟤랑 같은 중학교 나와서 아는데. 과학자 중에 외계인이 있다. 나도 데려가. 그는 죄 없는 죄수다. 나도 그 영화 좋아하는데. 사랑의 블랙홀? 아니, 엣지 오브 투모로우. 깨어나면 떼돈을 벌겠지. 근데 이거 합법 맞아? 살 빠지겠네. 단 하루 만에?

..

실험이 시작되었다. 가상 세계에서 이 모 씨가 겪을 10년은 꼼꼼히 모니터링될 예정이었다. 그에게 어떤 변화가 생길지는 누구도 예측할 수 없었다. 1초, 2초, 그의 하루는 빠르게 지나갔다.

가상 세계에 접속한 이 모 씨는 이것저것 생각해 두었던 것을 했다. 이른 아침부터 무언가를 하는 날도 있었고 늦잠을 자는 날도 있었다. 바쁘거나 한가했다. 무엇을 하든 자유였다. 그리고 다음 날이 되면 그의 세상은 다시 전날의 모습으로 말끔히 세팅되었다. 다채로운 활동에도 가상 세계에 달라짐은 없었다. 놀랍도록 똑같았다. 단 하루만이 프로그래밍 된 세계는 견고하게 작동했다.

그는 분주했지만, 뇌파는 안정적이었고 모니터에 보이는 표정은 여유로웠다. 그에게는 아직 충분한 시간이 있었다.

그러나 우려가 현실이 되는 데에는—현실 시간 기준으로—오랜 시간이 걸리지 않았다—현실 시간 기준으로—하루 만에 안 좋은 소식이 전해졌다—가상 세계 기준으로—그는 벌써 몇 년째 기다리고 있었다—가상 세계 기준으로—10년이 훌쩍 지났는데—현실 시간 기준으로—이 모 씨가 깨어나지 못했다.

속수무책으로 이틀이 지났다.

연구원들은 밤을 새워 가며 원인을 찾으려 애썼지만 헛수고였다. 그들은 망연자실한 표정으로 모니터만 바라봤다. 가상 세계 기준으로 28년이 막 지나고 있었다.

나흘째가 되었을 때, 이 모 씨에게 작은 변화가 생겼다. 그가 일기를 쓰기 시작한 것이다. 그는 실험 시작 전 교육받은 대로 접속 첫날부터 꾸준히 일수와 연수를 세어 기록하고 있었는데, 그 숫자를 첫 줄에 적고, 그 아래 글을 썼다.

> 34년 321일째
> 오늘도 똑같다.

그가 첫 번째로 쓴 일기다.

일기는 꾸준히 쓰였지만, 첫 줄에 달라지는 숫자를 제외하

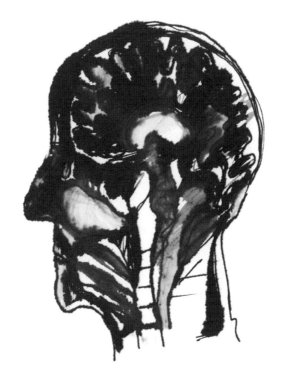

34Y-321D

고 내용은 똑같았다. 그리고 몇 시간 후 연구원들이 다시 모니터 주위로 몰려들었다. 처음으로 일기의 내용이 달라져 있었다. 일기를 확인한 연구원들은 당황했다. 그 일기는 그들에게 보내는 메시지였다.

38년 250일째
이제 그만두고 싶습니다. 이 생활을 끝내고 싶습니다. 많이 생각해 봤습니다. 많이 생각해 봤는데요. 얼마간은 만족스러웠던 것 같기도 합니다. 그동안 누구보다 넉넉하게, 영화를 보고 산책하고 악기를 배우며, 흘러넘칠 만큼 다양한 일을 할 시간이 있었습니다. 이 생활에 나름 익숙해졌다고 믿었던 시절도 있었습니다. 그런데 약속한 10년이 지나고, 20년, 심지어 30년. 영영 돌아갈 수 없을지도 모른다는 불안감이 확신이 된 후로는 이곳이 지옥 같습니다. 깨어나기로 한 날이 훌쩍 지나서야 알았습니다, 저는 죽을 날만을 기다립니다. 현실의 시간을 고려해서 아무리 천천히 좌절하려 노력해도 이곳의 시간은 너무 빠릅니다, 하루는 너무 똑같고요. 그래요. 문제는 이 소름 끼치는 세상. 렉 걸린 게임처럼 한순간만을 거듭하는 세상입니다. 제게는 남은 힘이 얼마 없습니다. 그렇다고 마음대로 죽을 수도 없고, 그러니 부탁합니다. 저를 어떻게 좀 해 주세요. 도무지 방법이 없다면, 괜찮습니다. 그냥 스위치를 내려 주세요. 부탁합니다.

40년 267일째
내가 꿈꿔 온 것은 결국 미래였다. 아니면 과거. 꿈에 오늘이 나오는 사람이 어딨어.

41년 173일째
씨발, 당장 안 꺼내? 나가기만 해 봐, 니들은 내 손으로 죽인다.

그의 일기에 연구원들은 초조해졌다. 원래부터 초조했지

만, 더 초조해졌다. 하지만 여전히 그를 도울 방법은 없었다. 관계자 중 일부는 그가 40년 넘게 가상 세계에서 고통받고 있다며, 그의 안락사 요청을 받아들여야 한다고 주장했다. 다른 일부는 아직 일주일도 안 됐는데 멀쩡히 살아 있는 사람을 어떻게 죽이냐며, 방안을 다시 강구해야 한다고 했다.

> 42년 78일째
> 저 우유는 내가 이곳에 온 첫날부터 냉장고에 있었다. 그러니까 나는 특별한 이유가 아니라면 장을 보러 갈 필요도 없었다. 무슨 요리를 해 먹은 간에, 실수로 반찬 용기를 떨어뜨려 깨 먹은 날이나, 친구들을 불러 아예 속을 헤집어 놓은 날이라도, 다음날이면 냉장고 속은 다시 온갖 재료로 넘쳐났으니까. 그렇게 몇십 년을 지내 왔는데도 나는 가끔 깜박할 때가 있다. 무심히 냉장고를 열었다가 놀라 주저앉는다. 저 영원할 것만 같은 신선함이 도무지 익숙해지지 않는다. 감당할 자신이 없다. 너무 여러 번 냉장고를 여닫은 탓이다. 나는 그 횟수까지 똑똑히 기억한다. 유통 기한이 한참 남은 우유에서 썩은 냄새가 난다. 매일 그런 음식만 먹는데도 나는 너무 건강하다.

그럼에도 그들은 결정하지 못하였다.

잠든 이 모 씨에게 행해지는 모든 결정에는 까다롭고 복잡한 절차를 따라야 했다. 이 모 씨가 깨어나지 않는 원인을 찾기 위해 나흘째 잠을 못 잔 초췌한 얼굴의 연구원들은 생각했다. 그가 스스로 죽을 수 있다면 얼마나 좋을까.

이 모 씨가 자살 시도를 안 해 본 건 아니다. 건물 옥상에서 뛰어도 보고, 목을 매달거나, 차 안에서 번개탄도 피워 봤다. 이 모 씨도 할 만큼 해 봤다. 다만 타임 루프를 소재로 하는 흔한 영화나 소설에서처럼, 결과는 절망적이었다.

65년 135일째
우연히 교통사고를 목격했다. 다음 날도 그다음 날도, 같은 시간에 사고 현장으로 갔다. 전복된 차 안에서 기어 나오다 맥없이 죽는 남자를 몇 번이나 봤다.

68년 25일째
한 편의 영화를 수백 번 보거나 한 권의 책을 수천 번씩 읽다 보면 그 장면이 살아날까? 그 문구가 내면에 자리 잡아, 어떤 신념이나 기준이 될까? 그럴 리 없다. 어느새 그 가치를 깎아내리는 나를 발견할 것이다. 서사는 축약되고, 새로움은 사라지고, 가슴을 벅차게 했던 징조들과 충격과 반전과 순수함과 그를 향해 가졌던 감정이나 기대는 단 하나도 남지 않을 것이다. 하지만 그 과정에는 분명 절망 이상의 감격 또한 존재한다. 내가 줄곧 원했던 것도 그런 권태일지 모른다. 설렘과 기준이 사라지고, 끓어오르던 열기가 식고, 병적으로 매달려 온 새로움 앞에서 나는 의젓해진다. 나는 세상을 편견 없이 받아들이고 자유로워질 수 있다. 곰

팡이 스는 장면과 썩어 문드러지는 문장들! 내 베갯솜 밑에
서, 메아리를 삼킨 목구멍 속에서, 엉덩이 밑에서, 내일을
위한 거름이 되기를!

이 모 씨가 깨어나지 못한 지 일주일이 지났다. 거리에는 〈
하루 살기 프로젝트〉의 인간 대상 실험에 반대하는 시위 행
렬이 이어졌다. 사람들은 가상 세계가 멈추는 한이 있더라
도 이 모 씨에게 내일을 보여 줘야 한다고 외쳤다. 연구소에
서 시작된 행렬은 이 모 씨가 살았던 아파트까지 이어졌는
데, 너무 일찍 도착하기도 했고—연구소에서 아파트까지는
도보로 15분 거리였다—아파트 규정상 단지 안으로는 들
어갈 수 없었기 때문에, 길게 늘어지던 행렬은 아파트 게이
트 앞에서 꼬인 매듭처럼 우왕좌왕했다. 마지막까지 남은
몇 안 되는 사람들은 아쉬운 대로 게이트 기둥 한 켠에 어
렵사리 입수한 이 모 씨의 일기 사본과 꽃다발—어디서 구
했는지—이 모 씨가 활짝 웃고 있는 사진을 붙였다. 저녁이
되기를 기다렸다가 크기가 다른 양초를 사진 곁에 두기도
했다. 방송사 카메라는 일기장과 꽃다발, 촛불에 일렁이는
사진 속 그의 웃는 얼굴, 그 앞에서 울먹이는 시위 참가자를
차례로 영상에 담았다. 행사 막바지가 되었을 때 선두에 있
던 남자는 울분에 못 이겨 흥분한 목소리로, 늦었다고 소리
쳤다. 그렇게 오랜 시간 하루만을 겪은 사람이라면 기적적
으로 잠에서 깨어나더라도 진짜 현실을 받아들이지 못하고
자살해 버릴 게 분명하다고. 새로움을 감당할 수 있을 리 없
다고. 이 같은 비상식적이고 반인륜적인 임상 실험이 어떻

게 가능했던 건지 프로젝트 책임자와 정치인을 비롯한 후원사 간의 추악한 이해관계를 조사하여 책임 소재를 철저하게 물어야 한다고 소리쳤다. 말미에는 한결 차분해진 목소리로, 이 모 씨와 같은 비극이 또다시 벌어지지 않기 위해 우리는 끝까지 싸울 거라며. 그의 안식을 빌어 주는 유일한 방법이라며. 남자는 이 모 씨를 오래전에 죽은 사람 취급했다.

· ·

열흘째가 되었을 때 이 모 씨에게 다시 한 가지 변화가 생겼다. 그가 매일 똑같이 행동하기 시작한 것이다. 누구도 그렇게 하라고 시킨 적 없지만, 그는 전날과 똑같이 행동하는 일에 몰두했다. 처음 몇 달간은 알람을 맞추고 비슷한 시간에 일어나 같은 일을 하고, 같은 식당에서 같은 메뉴를 주문하는 정도였지만, 몇 년이 지나며 작고 사소한 몸짓까지 그 차이를 구분하기 힘들어졌다. 굳이 그럴 필요가 없는데도, 전날과 같은 실수로 문턱에 발을 찧는다거나, 전날 읽었던 책의 같은 페이지를 읽었다.

그는 중요한 훈련을 하는 듯 진지했다. 날을 거듭할수록 내딛는 한 걸음 한 걸음은 확신으로 가득 찼다. 가상 세계의 하루가 너무 빨라 어제가 오늘 뒤에 잔상으로 남는 연구실의 모니터로 보면, 그의 집중력은 놀라웠다. 지금껏 여러 동작이 겹쳐 뒤죽박죽이었던 이 모 씨를 보다가 점차 하나의 일과로 수렴하는 움직임을 보고 있자니, 그가 느려지는 듯

했다.

이 모 씨가 결국 생을 체념한 것인지, 나름의 생존법을 고안해 낸 것인지 알 수 없었으나, 적어도 그 모습을 모니터링하는 연구원들은 안도했다.

이 모 씨가 이러한 행동을 시작하게 된 이유를 묻자, 연구원들은 그 결정의 전조로 추정되는 몇 가지 일기를 제시한다.

〈시간순 나열〉

76년 331일째
그들을 오해했다. 그들을 배경으로 여겼다. 오늘이 어제의 복제품이라고 생각했다. 그런 식이면 나 역시 흔하다. 반복의 주기나 허용할 수 있는 오차 범위가 다를 뿐, 부모의 입 모양을 따라 하고 식성과 병명을 흉내 내고, 따지고 보면 결국 같은 대사에 같은 노래인 건데. 그 노래를 따라 부를 때의 어설픈 톤과 실수가 내가 될 뿐인 건데…. 그래, 이 말부터 고치자, 그들은 어제의 복제품이 아니다, 어제의 모방품이다. 똑같아 보이지만 매일 조금씩 다르다.

78년 129일째
어쩌면 그들의 속도가 익숙해지면 알게 된다. 내가 눈치가 없었다, 나만 생각했다. 이 사실을 깨닫기까지 지독히 오래 걸렸다. 작고 작은 차이를, 약간이나마 달라진 점을 내가 알아차릴 수만 있다면! 비로소 이틀째가 된다. 이곳에서 내가 줄곧 해 왔던 좌절은 실은 아무 의미도 없었다. 더 이상 죽고 싶은 생각이 안 든다.

83년 304일째
아니면 내가 추가됨으로, 이미 이틀째인 건가?

89년 62일째
동네 카페에서 친구를 만났다. 나는 무작정 뺨을 갈겼다. 미지근해진 커피를 바지에 부었다. 놀라 다가오는 친구의 다리를 걸어 넘어뜨리고 얼굴에 침을 뱉었다. 목을 짓누르고 죽일 듯 할퀴었다. 할퀴면서 씨발놈, 죽일 놈, 욕을 퍼부었다. 가까스로 나를 밀치고 일어난 친구는 질색한 표정으로 나를 봤다. 친구는 황당함에 반격할 생각도 않고, 멍한 얼굴이었다. "왜 이래, 뭐 하는 거야!" 그 말이 전부였다. 친구는 자리로 돌아와 가로채듯 의자에 둔 가방을 챙겨서는 도망치듯 카페를 나갔다. 친구는 두 번 다시 나를 보지 않을 것이다.

92년 170일째
그들에게는 하루가 전부다. 내일이나 어제라는 단어가 없다. 그러니 있지도 않은 내일 때문에 오늘을 포기할 수조차 없다. 내가 처음부터 이들의 일원이었다면 어땠을까, 이들처럼 하루가 전부인 삶을 살았다면. 그럼, 어제 만난 이들은 내 아버지뻘이고, 그제는 내 할머니뻘이 된다. 내일은 내 자식뻘인가?

93년 31일째
역시 사람이란 끝없이 배워야 한다. 내가 속한 세계를 진정으로 탐구하고 이해하며 변화에 적응해야 한다. 진화 앞에 두려움이 없어야 한다. 앉아서 하늘을 원망해 봐야 달라질 건 없다. 그들조차 어쩔 도리가 없는 게다. 오랫동안 나는 겨울 날씨에 욕지거리를 해 대며 따뜻해지라고, 제발, 무슨 짓이든 할 테니 제발 따뜻해지라고, 허공에 고함을 질러 대는 병신 짓거리를 한 거다. 결국 내가 달라져야 한다. 모든 원흉은 내 안에 있다. 내가 문제다, 나만 문제다. 춥다고 불평할 시간에 외투를 챙겨 나가야 한다. 일단 밖으로 나가야 한다. 나쁜 생각이 안 들게 나가 걸어야 한다. 매일 새 얼굴, 새 마음이 되어야 한다. 매 순간에 진심으로 임해야 한다. 왜 카르페디엠이라는 말도 있지 않은가. 그러나 오늘에 충실한 것으론 부족하다, 오늘 자체가 돼야지.

96년 102일째
어제 봤던 친구를 동네 카페에서 만났다. 어제 일은 정말 미안하다고 말했다. 친구는 무슨 소리냐고 어리둥절해했지만, 나는 눈물까지 보이며 용서해 달라고 빌었다. 사죄의 의미로 입술을 쥐어뜯어 보였다―눈알을 곧 파낼 듯―눈꺼풀을 꼬집었다. 친구의 외투에 얼굴을 비집고, 침과 콧물이 흥건히 묻게 한참을 비볐다. 당황한 친구는 나를 세게 밀쳐 냈지만, 나는 재차 달려들었다. 바짓가랑이를 붙들고

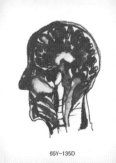

65Y-135D

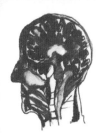

68Y-25D

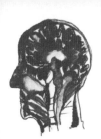

76Y-331D

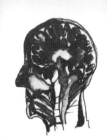

78Y-129D

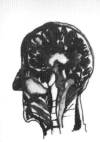

83Y-304D

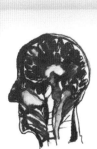

89Y-62D

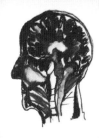

92Y-170D

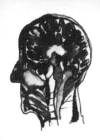

93Y-31D

96Y-102D

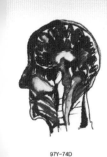

97Y-74D

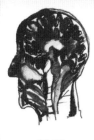

99Y-110D

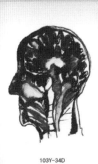

103Y-34D

애원했다. 나도 내가 뭐라고 했는지 모르겠다. 질색한 얼굴의 친구는 알았다고, 알았으니까 그만하라며, 나를 뿌리쳤다. 우리는 한동안 말없이 앉아 있었다. 나는 애처럼 딸꾹질을 못 멈췄다. 미지근해진 커피를 들이켜도 똑같았다. 잠시 후 친구는 일어나 가방을 챙겨 카페를 나섰다. 나는 곧호흡이 가라앉았다. 앞으로 친구를 만날 일은 없을 것이다.

97년 74일째
내가 아끼는 줄무늬 장갑이 없어졌다. 온 집안을 샅샅이 뒤져도 안 보여. 아무래도 옆집 여자가 훔쳐 간 것 같다.

99년 110일째
요즘 나는 너무 많은 시간 잠을 잔다. 자도 자도 졸음이 쏟아진다. 모든 게 꿈이라면 나는 당장 깨어나기만 하면 된다.

그리고 이 모 씨로부터 마지막 요청이 있었는데,

103년 34일째
마지막 부탁입니다. 저를 깨울 수도, 죽일 수도 없다면, 모든 기억을 지워 주세요. 그리고 하루가 지나 다음 날이 되면 기억이 리셋되도록 설정해 주세요. 부탁합니다.

이 모 씨의 극단적인 요구에 연구원들은 의외로 침착했다. 연구소 다른 부서에서는 오래전부터 알츠하이머 환자에 대한 연구가 진행되고 있었는데, 그들의 뇌를 참고하면 불완전하게나마 가능한 조치였다. 관계자들은 고민했지만, 죽여 달라는 요청보다는 낫다고 판단했다. 마우스 클릭 몇 번에 그의 기억이 지워졌다.

..

그렇게 몇 달이 지났다. 이 모 씨는 실패한 실험과 함께 사람들로부터 잊혔다. 연구소는 평화를 되찾았다. 여전히 이 모 씨의 가상 세계는 건재했다. 새 프로젝트에 밀려 하위 과제가 되었지만 어쨌든 결함이 구현된 최초의 사례였기에, 프로그램의 오류를 규명하고, 향후 진행될 후속 프로젝트 성공의 기반이 될 귀중한 선행 연구 자료로서—이대로 폐기하기에는 어쩐지 아쉬웠으므로—그의 하루는 관찰되고 있었다.

현실에서의 이 모 씨의 모습은 어떠한가, 당연히 누워 있다—아직 못 깨어난 455번째, 667번째 쥐와 함께—최근 7층에 위치한 상설 연구 시설로 옮겨졌는데, 해당 층에는 의사 결정의 부재로 잠시 중단된 프로젝트를 고스란히 옮겨둔 실험실이나 아직 용도나 주제가 정해지지 않아 비어 있는 실험실이 복도를 따라 즐비해 있었다—사실상 연구소에서 프로젝트가 진행 중인 실험실은 손에 꼽혔고, 이 모 씨가 누워 있는 실험실처럼 중단되었거나 빈 실험실이 대부분이었다—특수한 경우를 제외하면 그와 관계된 연구원은 모니터링을 위한 최소 인원만을 남기고 감축되었다. 주변에 복잡하게 늘어져 있었던 장비들은 깔끔하게 정돈되었다. 누구도 섣불리 그 프로젝트에 관한 새로운 가능성을 들추려 하지 않기 때문에, 그는 외딴 행성처럼 평온하게 누워 있다.

실험실 문 앞에는 포스트잇으로 [Domus plutonis.]라는 문장이 붙어 있는데, '명왕성의 방.'이라는 뜻의 라틴어로, 새벽 당번을 도맡아 하는 열정 넘치고 잠이 부족한 인턴사원이 붙여 둔 별칭이라고 한다. 인턴은 이 모 씨의 일기 중 '명왕성은 더 겸손했어야 한다.'라는 문장에서 영감을 얻었다고 했다.

··

매시간 그를 모니터링해야 하는 연구원들 사이에서는 틀린 그림 찾기를 하듯 전날과 조금이라도 다른 이 모 씨의 행동을 찾는 일이 소소한 놀이가 되었다. 한 번은 함께 근무 중이던 연구원 둘이, 이 모 씨가 아침마다 가는 지하철역까지의 걸음 수가 똑같을지 내기를 한 적이 있었는데, 결과는 싱거웠다. 걸음 수는 물론이고 깜박한 지갑을 가지러 돌아가는 모습이나, 떨어지는 나뭇가지인지 새인지 모를 것에 멈칫하는 순간에 놀라는 표정까지 소름 끼치도록 똑같았다. 두 연구원은 근무 시간이 끝날 때까지 같은 표정을 수백 번도 더 보았다.

이 모 씨는 어떤 의미에서 여유로워 보였다. 어느 날 당직을 맡은 연구원의 관찰 일지에서, '오늘은 그가 더 생기 넘쳐 보인다.'라고 기록된 적도 있었다. 모든 행동이 전날과 똑같았음에도.

일기는 꾸준히 쓰였다. 당연하게도 내용은 똑같았다. 첫 줄에 적는 연수와 일수까지 똑같았다.

..

3개월 후, 연구소장의 SNS에 글이 하나 업로드되었다.

오랜 연구 끝에 프로젝트가 성공 직전입니다. 현재 마무리 과정에 있습니다. 하루 살기 체험은 하루를 더 늘리는 대규모 업데이트를 통해, 하루 살기 체험 V2.0. 즉, 이틀 살기 체험이 됩니다. 밤낮없이 달려와 준 우리 연구진에게 힘찬 격려와 응원의 말을 부탁합니다.

피실험자 이 모 씨의 일일

에이리언

경쾌한 금속 마찰음을 일으키며 너는 왔어
비상 탈출구를 쇠꼬챙이로 무식하게 벌리고서는
물을 줄 필요 없는 전선 파이프 밑동에
침을 퉤퉤 뱉어 가면서

희망이 주렁주렁 열린 총대를 메고
이를 갈고 서 있었어

정작 우주선을 가꾼 건 나야
(달라진 거 모르겠어?)
나는 네가 평생 중얼거린 문장과 한숨과
습관적인 낮잠의 가장 안전한 구석에 알을 깠어

FUCK!! FUCK!! 의문사를 연발하며
아가리 속의 아가리로부터 메아리치는
옛 동료의 비명을 혓바닥에 문신으로 새기더니
너는 하는 말이 죄다 성대모사 같아졌어

내가 뭐랬어 좁아터진 우주선에서

너의 세계가 증식하는 가장 좋은 방법일걸?

살다 보면 징글징글한 일들이 많겠지만

정말 예쁠 거야 네가 환절기마다 앓던 우울증과

나의 티타늄 치아를 닮은 아이

너는 고향 행성 주위를 돌고 도는 항해 중이다

거대한 저택에 사는 할리우드 배우처럼

종일 복도를 걷고 문을 통과한다

침실에서는 근사한 실크 잠옷을 꺼내 입고서

지문으로 빼곡한 시나리오를 읽는다

헤어스타일을 좀 바꿔 보는 게 어때?

텅 빈 우주에는 유행이 빠르지 않지만

지겹게 늘여놓은 시리즈물의 주인공처럼

벌크업 된 너의 근심에는

정오의 열기를 견디는 포자식물의 허무가 있어

에이리언

너는 얼굴에 기름 찌꺼기를 정성껏 묻히고
한 손에는 소방용 도끼를 들고
군홧발로 탭 댄스나 추면서 활짝 열린
절망의 관자놀이에 총알을 심고 있다

며칠만 지나면 풍년일 거야
나를 덮치려다 떨어진 팔뚝에는
벌써 꽃 같은 내일이 피어나고

나는 펄펄 끓는 침이 고인다
선체가 눈 녹듯 녹는다

에이리언

놀이터에서

철봉에 매달린 거미줄
털어 내고 안간힘을 쓰기 시작한 꼬마와
그리고 무엇이 있지?

발레리나의 가벼운 발이 되고 싶은
그네 위의 남자 외에는

수천 년에 걸쳐 터득한 수천 가지 노하우로
볕을 잘게 쪼개는 개미 떼의 분주함
그 외에는 무엇이 있지?

하나의 구멍으로 줄줄이 사라지는 마술이 있지
어른들이 입을 다무는 저녁이면

철봉 아래 떨어진 신발을 주워다
미끄럼 태우는 미친 여자가 있지

여자는 오랜 건조의 과정 끝에

모래처럼 부드러운 피부가 되었다는데

한 올 한 올 미끄러지는
눈썹을 수집하다가 시간을 발명하였고
뱅글뱅글 돌다가 다 늙은 여자가 있지

기억하기에 여자에게는
아이스크림을 천천히 빠는 아이가 있었지
달콤한 울음에 꼬이는 알록달록한 벌레도 있었지

모래 더미에 조몰락거리는 손을 넣고
물을 약간 부으면, 장난이 끝나는 모양대로
굳어 기다리는 젖가슴이 되었지

이것 좀 봐 너도 같은 색깔이야
페인트 벗겨진 안쪽에 상처를 비교하는

웃음소리.

놀이터에서

웃음소리.

지금은 그중 무엇도 없다

먼지와 불균형이 어색해진 아이들은
품을 떠나 안전한 놀이를 배우고
그 외에는

해와 달 사라진 자리에서
낮과 밤을 시소 타는 그림자가 있지
번갈아 헝클어지는 확신만이
낙담한 여자를 먹여 살리지

맨다리에 엉기는 가느다란
은빛 팔꿈치가 있지

새벽마다 아이는
내키는 자리에 집을 짓는다

놀이터에서

수중 교실

나는 우유가 터지고 고요해진 교실이다
아이들은 바닥에 흥건해진 우유를 보며
깔깔거리며 웃는 대신 서로의 콧등과
눈썹을 만지며 놀았다
풀이 돋고 꽃이 피어난 책상은
늘 빈자리로 남겨졌다
아이들은 그 자리에서 문득
꽃이 가라앉는 모습을 보았다
환기 좀 하고 살아라, 교실에 온통
퀴퀴한 냄새 진동하잖아 사물함에
방치된 체육복 냄새라던가
꽃이 썩는 냄새 같은,
앞자리에 아이들은 그제야 코를 막고
창가에 아이들은 창문을 열었다
꽃을 치우고 락스로 문질러 닦았다
교실을 못 견뎌 하는 체취가 멀리
달아나는 것을 보았다
뒷자리에 아이들은 표백되어 알록달록해진

조각이라도 주머니에 몰래

숨겼다 그러니까 그것은

어찌할 수 없다고 믿었다

시큰거리는 틈을 무마한 결과가

저 뭉게구름일 거라고, 그 소원을

문제집 여백에 끄적이며 웃었다

툭하면 목을 비틀어 뒤를 보는 친구와

입을 가리고 꺼억꺼억거렸다

말만 하면 형광색을 빌려주는 친구와

떠오르는 족족 펜으로 그었다

틀린 문제마다 은은한 식초 냄새가 밴

반투명하게 멍든 손이

팔을 크게 벌려서 직선처럼 보이는

실은 곡선에 가까운 두 손이 비 오는 날이면

가방을 품에 안고 달려도 쉽게 얼룩이 되는 손이

축축한 종이를 뚫고 나와 우리의 목을 조르고 다시

조르던 손을 풀면 참았던 간지러움에

깔깔거려도 괜찮을 거라고

수중 교실

빈 책상 위로 백묵 가루 날린다
대걸레의 빳빳한 머리칼이 흰 얼룩을 빨아들인다

일어나 수업 시작해,

서성이듯 의자를 고쳐 앉는 친구와
해파리의 영법으로 책을 터는 친구와

위 〈그림 b.〉에서 척추동물의 화석을 모두 고르시오.

선잠에서 깨어나지 못한 횟수만큼 손등에 낙서가 늘어 간다

자꾸만 몸이 뜨는 아이들은,

여기가 희뿌연 심해이고 싶다
터진 우유를 나눠 먹는

쪽지로 귓속말로 여백이 사라질 때까지
문어의 성긴 헤엄을 배우고 싶다
까슬거리는 뒷머리가 다 손가락이고 싶다

형광색 꿈이라도 내어 주고
앙상한 화석을 메우는 흰 모래이고 싶다

두 팔로 얼굴을 감아, 스쿠버의 숨소리를 듣는 친구와
자꾸만 등에 산호가 피는 친구와

아이들은 먼지와 모서리 위에서도 잘 잔다
다만 콧등과 눈썹이 간지럽다

수중 교실

이티

깨어났구나
꽃이 시든 걸 보니

우주인치고는 짧은 목
네가 떠난 자리에 무지개가 생겼어
곧바로 비가 내렸지

화분도 좀 가져가지 그랬어
너의 우주선 안에서
영영 피어 있을걸

네가 숨었던 옷장에는
다시 옷만 가득해

네가 여기 두고 간 건
빛과 기적뿐이야

너만 아는 비밀

너만 믿는 사랑
같은 걸 혼자 간직할 순 없었어?

자꾸 물어보잖아
정작 지구에 남은 건 난데
꽃을 돌보는 건 난데

나는 전이랑 똑같은데
여전히 거짓말에 소질이 없고
화초를 가꾸는 일에는 더욱이

네가 죽었다고 둘러대
너도 그 정도 책임은 있어야지
사람들도 알 건 알아야지

꽃이 너를 닮아가 깨어날 때마다
몸에 안 맞는 행성에 불시착한 외계인처럼
갈수록 말라가 목이 가늘어져

이티

나는 하루 더 시든 시간에 물을 주고

몸에 안 맞는 화분에 불시착한 사람들은
기적을 기다리거나, 고개를 떨군 채
밑구멍으로 빠지는 물줄기를 구경하지

너는 말수가 적어서 좋았어
너는 사람 같지 않아서 좋았어
나를 좀 데려가지 그랬어

우리는 완전히 시들고 나서야
같은 빛깔이 된다는 걸 미리 알았더라면

자전거는 풀밭에 누워 있다
나는 자꾸만 목이 길어진다

좁아지는 목구멍에 밥알을 삼키듯

별빛이 긴 궤적을 그리며 사라진다

스노우볼

자전하지 못하는 반구 안쪽으로 시들지 못하는 이들이 있
다 운동화 밑창에 본드를 중력이라 부르고 일이 벌어지기
전부터 벌어진 후에도 화창한 하늘을 보고 있다

세상은 뒤집어진다 누가 그리워하기만 하면
낮과 밤은 구분 없이 찾아온다
뜨거운 입김에 삼켜질 듯 흐려지다가도
겨울이다 차갑지도 않은,
8센티 높이로 날리는 스티로폼 눈송이
초코는 하늘을 뽀득뽀득 핥는다
구름인 양 떠다니는 지문과
혀끝에 미끄러지는 표정을 저주하면서

막내아들은 두 번 세 번씩 흔들어 놓는다
눈 내리는 풍경은 지겹고 그들이
바닥에 들러붙어 봄이라도 될까 봐
첫째 딸은 세상의 가장 둥근 지점으로 자위한다
그만큼 단단하고 투명한 사랑은 처음이다

어머니는 탁자에서 소파로, 다시 탁자로, TV 옆으로,
아버지는 휘청거리는 거실을 버티고 버티다가,

입에 넣는다 나이테 없는 나무와 주인 없는 썰매 굶주리
지 않아 평화로운 짐승들 녹기 전에 입 속에 넣어 둬야지
한가득 오므려 쩍쩍 금 간 입술을 하고 줄줄 새는 울음을
버티고 있다 뱉지도 삼키지도 못하는 기억을 머금고 아
이는 굴뚝 없는 집으로 돌아간다

어떤 진화론

드라마 속 주인공은 매일매일 뛰어다녀요 엄마는 돈이
없어서 뛰는 거래요 저는 사랑 때문에 그런 줄 알았는데
요 생각해 보니 체육 선생님이 입버릇처럼 말씀하셨죠
더 더 빨리 뛰라고 노예는 주인보다 빠르게 뛰어야 한대
요 그러려면 일찍 자고 골고루 잘 먹어야 한대요 씩씩해
져야 한대요 저는 꽤 빠른 편이라고 생각했는데 친구들
이 느리다고 놀려요 더 더 빨라지고 싶었죠 물리 선생님
은 원리만 이해하면 어렵지 않대요 주어진 길이와 보폭
이 똑같다면요 최대한 부지런하게 발을 굴리면 되는 거
래요 친구의 뒤에 바짝 붙어 달릴 때는 뒤통수는 되도록
보지 않도록 하고요 그게 힘들다면 주머니에 샤프라도
숨기래요 수학 선생님은 무엇보다 숫자 감각이 중요하다
고 하셨죠 이를테면 우리 몸은 하루에 86,400등분 되는
거래요 그건 우리가 이길 수 없는 거라고 하셨죠 역사 선
생님은 웃으시며 옛날엔 24등분 옛날 옛날엔 고작 3등
분이었대요 잘게 잘리는 인간일수록 진화한 인간이래요
저는 이해할 수 없었습니다 몸을 왜 잘게 잘라야 하는지
화학 선생님께 물었더니 잘게 잘릴수록 세상에 잘 스며

들 수 있는 거래요 표면적이 넓어져서 그런 거래요 정말
신기하죠 사탕을 깨물어 먹으면 더 달콤하게 더 빠르게
먹을 수 있는 거랑 비슷한 거래요 이가 썩을지도 모르지
만요(웃음) 옆에 있던 생물 선생님이 몸을 잘게 나눌 때
는 날카로운 도구를 사용하라고 귀띔해 주셨죠 그 도구
는 시간이래요 정말 생각만 해도 날카롭지요 전 벌써 여
기저기 베인 것만 같아요 (미술 선생님이 나의 생채기 난
허벅지를 그린 건 비밀입니다) 집에 오자마자 엄마 아빠
에게도 알려 주었죠 엄마는 그건 돈을 많이 벌려고 그러
는 거래요 아빠는 그래야 장작이 잘 탄대요

··

우리는 운동장에 모여 있어요 앞니 깨진 친구가 모래 위
에 피 섞인 침을 퉤퉤 뱉고 있어요 친구는 오늘 기록을
세웠는데 한 손에는 부러진 이를 쥐고 우는 건지 웃는 건
지 모르겠어요 가만히 있는데 빨간 방울이 계속 떨어져
요 햇살에 반짝거려요 체육 선생님이 친구의 앞니를 건

네받아요 "다음"이라 말하고 호루라기를 한 번 불어요 친구의 어깨를 토닥여요 두 번째보다 세 번째로 자라는 이가 더 튼튼할 거래요 어차피 우리는 다 죽을 거래요 죽어도 기록은 남을 거래요 살이 썩고 뼈가 바스러져도 임플란트는 반영구래요 "다음" 호루라기를 불어요 친구는 꼼짝을 안 해요 음 보도블록에 으깨진 버찌처럼요 저러다 안 지워지겠어요 호루라기를 불어요 우리는 쪼그려 앉아 차례를 기다려요 체육 선생님 종아리에 달라붙은 모기를 구경해요 모르게 맺힐 빠알간 열매를 떠올려요 터덜터덜 양호실 가는 친구와 그래도 그중 몇 알은 꿀꺽 삼켰을 테니까 멀어지는 뒤에 후후 불어요 처음 물들인 여름날의 손톱처럼 서툴지만 예뻐요 검붉은 방울이 계속 계속 떨어져요 운동장에 점선을 그려요 작은 발자국처럼 소리도 나요 열매 몇 알이 뱃속에서 멀리 멀리 움직여요 그 소리를 들으며 우리는 교실로 가요

어떤 진화론

5

식물원 앞 벤치에서 아이는 졸리다
베개 대신 무릎을 베고 눕는다
수면제 대신 동화책을 읽는다
(오늘 읽을 책은 잭과 콩나무)
자판기 불빛은 대단한 구경거리다

5부

식물원

돌무덤의 섬 3

돌무덤의 섬에서는
죽은 이의 배를 가르고 그 속을 크고 작은
돌멩이로 채우는 풍습이 전해진다

큰 죄를 지은 사람은 큰 무덤이 되었다
작은 죄를 지은 사람은 작은 무덤이 되었다

때문에 죄가 없는 사람은
쓸쓸하게 죽었다

돌무덤의 섬 3

너의 정원

옥상에서 내려다본 동네는 조용하다. 당장이라도 정적이 범람할 것만 같다. 골목은 하천의 원리를 본떠 만들어진 거라고 엄마는 말해 준 적이 있다. 좁디좁은 골목을 빠져나온 사람들이 강으로 바다로 흘러드는 것은 그런 이유에서라고. 한 번이라도 저 자리에 있어 본 사람은 안다. 바닥에 쌓인 침전물에 물러진 길을, 심지어 넘어지기 쉬운 두 발로 버티는 게 얼마나 불쾌한 일인지. 사람을 믿고 의지하는 게 얼마나 어리석은 일인지. 엄마는 잠긴 목에 마른침을 애써 넘기며 당부하고 싶을 것이다. 이내 비탈면을 타고 압력이 낮아지는 곳으로, 제 발로 미끄러지는 게 얼마나 다행스러운 일인지. 가진 게 적은 사람은 복수하는 방법도 몇 개 없으니까, 그러니까 제발 자신을 미워하지 말아 달라며 애원하고 싶을 것이다. 그런 엄마의 말을 떠올리는 동안 엄마는 꿈쩍도 하지 않는다. 우리의 팔목을 단단히 붙들고, 집 앞 가로등에—덩어리째로—주렁주렁 매달린 불빛이 흘러 번지는 먼 골목 쪽으로 부드럽게 시선을 옮기고 있다.

나는 강을 떠올리고 싶지 않다. 차라리 다음을 모르겠는 꺾인 골목 어귀에 시선을 고정한 채, 소용돌이치며―사라지는 중에도 끝까지 발악하듯 거꾸로―뿜어져 나오는 구정물을 떠올리고 싶다. 강과 같은 거대한 줄기를 상상할수록 유속은 느려질 것이고, 결국 아무 일도 아닌 게 될 테니까. 혹은 수심이 충분해서 뛰어내려도 아프지 않을 것이다. 강의 섭리대로라면, 연민이나 용서도, 부끄러움도, 시체마저도 줄기를 타고 흘러 사라질 게 분명하다. 불어 터진 몸에는 흉터나 징표나 모두 똑같게 보일 것이다. 그래서 저렇게 평화롭다. 어차피 잊혀질 사람을 미처 잊기도 전에, 잔잔해진 골목의 가장자리부터 사람을 닮은 사람이 돋아난다. 어느 집 거실에 불빛은 터진 주스처럼 뜬금없이 환하다. 그들은 뒤꿈치를 들고―썰물에 드러난 흰 발목이 창피한 줄 모르고―눈은 질끈 감고, 거의 빌듯이 골목을 빠져나간다. 그 마음을 이해 못 하는 건 아니다. 누구도 이런 사건에 목격자가 되고 싶지는 않겠지. 멀리 교회 지붕에 빨간 네온을 구부려 만든 십자가가 환하다. 광고판처럼―허공에―자신만만하게 고개를 쳐들고서―사랑에 충혈된 눈을 하고서―한눈파는 일은 없겠지. 어쩌면 저 정도 거리에서 보면 아기자기하게 보일 수도 있다. 비슷한 키의 두 아이가 엄마 손을 잡고 긴 정적을 내려다보는 모습이 평화롭게 보일 수도 있다.

그날이 생각나. 아버지 장례식 끝나고 얼마 안 돼서, 너 따라서 잘 웃는 여자 친구 손잡고, 가족들한테 소개해 주고 싶다고 왔던 날. 우리 한집에 살아도 명절이 아니고서야 같이 밥을 먹는 게 흔한 일은 아니라서, 거기다 모르는 사람까지 온다고 하니까 솔직히 귀찮았는데—평일이었으면 회사 핑계를 댔을 거야—억지로 다른 약속을 만들어 나가는 건 더 귀찮기도 했고, 한 번도 집에 친구를 데려온 적 없었던 네가 갑자기 무슨 바람인가 싶어서, 네가 통보하듯 약속을 정했을 때 나는 싫은 소리 한번 못 해 보고 그러자고 했지. 그래서 여태 기억에 남아 있나 봐. 엄마는 평소에 안 하던 음식을 하고, 너는 유독 말이 많았어. 네가 상냥하게 구니까, 엄마는 내심 기분 좋아 보였지만—네가 안 하던 짓을 하니까—나는 좀 웃기더라. 그날따라 밥도 안 남기고 싹싹 잘 먹고, 거실에서 다 같이 TV 보면서 늦게까지 수다도 떨었잖아. 정말 화목한 가족처럼. 그날 네가 참 어색했는데. 걱정이 많아 보여서가 아니고, 안색이 안 좋다거나 나쁜 일에 연루됐을 거라고 생각한 게 아니었는데—네가 누굴 해코지할 성격도 아니잖아—사실 전보다 더 좋아 보이기도 했었는데, 그런데 그냥 멀게 느껴졌어.

웃음이 끊이질 않는다. 그들은 몇십 년째 같은 무대에서 생동(生動)을 주제로 공연 중이다. 그러니까 TV를 켜기만 하면 그들은 즉시 말하고 움직임으로, 이미 훌륭한 연기를 선보이는 것이다. 그 이상의 직업적 의무는 없어 보인다. 우리는 TV 쪽으로 나란히 앉아 얘기가 끊길 때마다 그들에게 움직임을 기대한다. 출연자들은 카메라를 향해 일렬로 앉

아, 앞 테이블에—식어 가는—태국 음식을 걸고 퀴즈를 풀고 있다. 너는 퀴즈에 자신 있다며 우리를 일일이 조용히 시킨다. 너는 배추흰나비를 맞추고 마돈나를 틀린다. 나는 미소를 보낸다, 이 정도는 기꺼이 해줄 수 있다. 너는 햄릿과 딥 러닝을 맞추고 매드 맥스를 틀린다. TV 속 이들은 무관심한 숲의 풍경 같다. 그들에 관해 아는 바 없지만—어쩌면 그래서인지—웃기 시작하면 따라 웃는다. 나는 엄마의 웃는 얼굴을 본다. 엄마는—고개를 돌려—나를 발견하기 전부터 웃고 있다. 나는 그녀에 관해 아는 바가 없다. 저—멀지 않은 거리에—얼굴을 어루만지고 싶다고 생각해 본 적 없다. 그러고도 우리는 불평이 없다. TV를 켜 두기만 하면 서로에게 너그럽다.

나는 네가 없어졌으면 좋겠다고 생각했는데. 기억에서 영영 지워졌으면 좋겠다고. 너는 힘들여 이룬 것들을 훼방 놓는 데에만 소질이 있었으니까. 기분을 잡쳐 놓잖아. 네가 먹다 만 음식들, 베개에 낙서처럼 남은 머리카락—무슨 꿈이든 간에—그 숱한 시간이 별거 아니라는 듯 말하잖아. 너 떠나던 날 아침에 나도 방에서 들었어. 현관 앞에 너를 두고 엄마가 하는 말은 그냥 인사 같은 거였는데. 엄마가 살아온 방식을 굳이 들먹이지 않아도 됐잖아, 그건 최소한이었어. 그런 당부의 말이 엄마 스스로를 위로하는 유일한 방식인 거 몰라? 하루 이틀도 아니고, 그냥 넘어가는 날이 없지. 잘난 것도 없는 게 걸핏하면 지 혼자 뜨거워져서는, 아무도 안 보려고 눈을 가늘게 뜨고 같잖은 이유나 늘어놓으면서, 치사한 말을 하면서. 무서운 거겠지. 엄마의 염려 중에 싫은 단어들만 징그럽게 살아나서 예언처럼 작동할까 봐. 입을 틀어막고 싶은 거겠지 정말 그렇게 될까 봐 쪽팔릴까 봐. 겁쟁이, 말더듬이 새끼, 너는 네가 그토록 바라는 걸 이뤄 내기는커녕 평생 제대로 설명도 못 할 거야. 너는 최소한의 변명도 안 하니까—정말 궁금했던 건 그런 게 아니었는데—항상 너에 관한 이야기는 쏙 빼고 그저 설득하려고, 주장하려고, 기어이 감정대로 욕이나 지껄이면서—진심이 아니라는 걸 알지만—말만 그렇다는 걸 알지만. 그래 넌 정말 말뿐이니까, 말로 말을 가려서 어물쩍 넘어가면 그만이겠지. 생각해 봐, 이 집에 네가 두고 간 책과 음반들. 화분만 남은 화분들. 이어폰 줄—그놈의 이어폰 줄—먼지 쌓인 옷가지들까지. 그중에 순전히 네 힘으로 가꾸고 이뤄 낸 게 하나라도 있는 줄 알아?

너는 어설프게 벌어진 현관문 사이에 있다. 발 주위로 신발들이 어지럽다. 나는 제발 문 좀 닫았으면 좋겠다고 생각한다. 막 들어선 3월의 쌀쌀한 공기가 죄다 들어오는데, 너는 한쪽 발로 문을 괸 채 손으로는 문고리를 잡고 있다. 나무 껍질처럼 시종일관 구겨진 표정을 하는 너를 문밖으로 밀어 버리고 싶다. 입 좀 닥치고 꺼져 버리라고, 뻔뻔한 얼굴에 슬리퍼를 던지고 싶다. 뒤집어진 가방끈을 만지작거리는 손 모양만 아니라면, 시시하게 떨리는 어깨만 아니었다면, 뭐라도 했을 텐데. 생각해 보면 너에게 기대했던 건 아무것도 아니다. 흔히 주고받는 안부 인사 같은 거, 그건 정

말 아무것도 아니다.

네가 떠나고도 엄마는 식탁에 한참을 앉아 있었어. 아닌 척 하지만 요즘에도 네 걱정을 많이 해. 웃으며 TV를 보다가도 문득 그런 얼굴이야.

왜 우리 어렸을 때, 동네 뒷산 기억해? 틈만 나면 근처 사는 친구 몇 명을 불러서, 산 중턱에 있는 배드민턴장 옆 풀밭에 돗자리를 펴놓고 놀았었잖아. 넌 작은 벌레도 기겁하면서 무서워했는데—돗자리 가장자리에 앉아서—수풀 쪽으로 맨다리를 내미는 것도 좋아했어. 복숭아뼈 높이로 자란 풀과 꽃들이 네 무릎과 종아리 쪽으로 모여드는 장면이 기억나. 그러다 뭐라도 꿈틀거리면 다시 자지러질 듯 놀라서 다리를 오므리고, 조금 진정이 되면 다시 그쪽으로 다리를 내밀었잖아. 여름날의 풀들을 한없이 북돋우는 태양의 열기에 이마와 코끝에 송골송골 땀이 맺혀도 너는 아랑곳하지 않고 그 반복에 열중이었어. 입술 밖으로 삐져나오는 신음을 굳이 참아 내면서, 흉측한 것들이 득실대는 골목을 묵묵히 걸어가는 히어로 영화 속 주인공처럼. 그러고 보면 아버지 지독히 미워하던 시절에 너는, 싫은 존재가 버젓이 활보하는 세상에서도 곧잘 웃었는데. 휴일에 차 타고 멀리 갈 때면 우리 뒷좌석에서 조용히 각자 몫의 창문만 보다가도 늘 정적을 못 참는 건 너였어. 너는 금방 조잘조잘 떠들기 시작하고, 제대로 기억도 못 하는 농담을 애써 말하다가 바보처럼 혼자 웃음이 터졌잖아. 인류애를 발휘해서 끝까지

들었어도 별로 웃긴 농담도 아니었겠지. 나는 그 웃음이 좋았어. 차에 탈 때마다 창문을 끝까지 내려도 완전히 안 빠지는 눅눅한 공기 때문에 멀미가 날 지경이었는데, 그나마 너 때문에 멀리까지 갈 수 있었어. 근데 너 웃을 때 얼굴, 아빠랑 되게 닮은 거 알아? 너는 아니라고 하겠지만.

어려도 짐작 정도는 할 수 있었어. 아빠가 엄마를 배신했다는 걸. 그러고도 부엌에서 끼니때마다 밥을 챙겨 먹는다는 걸. 엄마 손에 이끌려 집 계단을 오르던 날, 옥상에 가까울수록 부드럽게 조여 오는 팔목에 압력을 기억해. 옥상 난간 앞에서 너와 나의 무게가 가장 확실한 복수가 될 수 있다는 사실을 알았을 때, 그건 마냥 슬픈 기분은 아니었어. 네가 울며 떼쓰는 모습이 얼마나 꼴 보기 싫었는 줄 알아? 너는 꼭 엄마처럼 울어. 적어도 내가 공평할 수 있는 이유는, 우리 가족 중 누구도 닮지 않아서야.

우리는 사이좋게 손을 잡고 있다. "죽을 거야 말 거야," 나는 보채듯 말한다. 엄마는 우리를 단단히 잡고 있다. 조금 있으면 다 끝날 거고, 적어도 그전까지는 놓지 않을 것이다. 너는 울고 있다. 손아귀에 떨리는 감각으로 알 수 있다. 엄마를 따라 우는 거겠지, 아니면 엄마가 너를 따라 우는 건지, 모르겠다. "뭐라도 좀 하든가, 벌써 20분째야, 가만있지만 말고!" 나는 엄마를 신경질적으로 당긴다. 나는 한쪽으로는 그녀를, 나머지 손으로는 옥상에 난간을 쥐고 있다. 난간은 차갑고 지문이나 손때가 묻어 있지 않다—이런 더러운 건 잡고 싶지 않았는데—언제나 손을 잘 씻어야 한다. 집에 돌아온 후에는 무엇보다 중요하다. 손을 깨끗이 씻기 전에는, 특히 입이나 눈 그리고 집안의 어떤 물건도 만져서는 안 된다고 엄마는 입버릇처럼 말했다. 손은 자유롭고, 또 신체의 어느 부위나 쉽게 관여할 수 있어서 오염되거나 오염시키기 쉬워서다. 이 수상하고 기분 나쁜 난간도 마찬가지다. 난간으로부터—깨끗하게—벗어나기 전까지, 다른 중요한 건 없다. 비록 여느 난간과 같은 모양과 재질이라도 손을 타지 않아서 탁한 빛깔이다. 옷깃으로 아무리 문질러도 광이 날 것 같지 않다. 내가 유난을 떠는 것처럼 보일 수도 있다. 하지만 누구라도 내 앞에 난간을 잡아 본다면, 이 소름 끼치게 불결한 감촉을 유지하고 싶지는 않을 것이다. 나는 당장 화장실로 달려가고 싶지만 그럴 수도 없다. 앞으로 만져 보고 싶은 게 많았는데 다 끝이다. 이건 씻기지 않을 것이다. 나는 더는 무엇도 만져서는 안 된다.

네가 두고 간 물건들을 보고 있어. 어떤 건 버리고, 어떤 건 남겨 둘 거야. 책상을 정리하다가 네가 쓴 메모도 봤어. '모두가 피고 지는 속성을 좇아, 예쁘지도 않은 것들이.'라고, 네가 쓴 거 맞지? 글씨를 이렇게 못 쓰는 건 가족 중에 너밖에 없잖아.

너 아빠가 베란다에서 키우던 화초들 기억나? 그 화초들을 좋아하진 않았는데, 솔직히 다 비슷하고 못생겼잖아. 물어보면 이름도 잘 모르니까. 나는 물 한번 준 적 없어. 사람 살기도 좁은 집에 쓸데없는 걸 키운다고 빈정대기만 했지. 그래도 꽃이 필 때면 반가웠어. 여기서도 꽃이 다 핀다. 이름은 몰라도 귀여운 노란 꽃이다. 좁쌀 크기로 열린 연보라색 꽃이다. 앙증맞게 펼친 꽃잎에 투명한 그물이 모르는 아이 볼에 실핏줄 같았어. 내가 무심히 지나친 화초가 이렇게 많았다고—과분하리만치—살아 숨 쉬는 게 우리 집 베란다에 널려 있다고. 아빠는 가까이 와서 보라고, 와서 사진 좀 잘 찍어 보라고 닦달이었잖아. 그때 이름을 찾아볼걸. 지금은 아무리 애써도 기억나는 꽃이 없네—그날의 마음 말고는—어느 계절이었는지, 날씨는 어땠는지, 그런 꽃이 피기나 했었는지.

아버지 그렇게 되고 나니까, 아버지가 처음부터 화초 이름을 몰랐던 게 다행인가 싶더라. 죽기 전 2년 동안은 몇 안 되는 기억을 붙들고 버텨야 했을 테니까. 자기 미래를 알았던 걸까? 이름을 몰라도 그저 아끼고 돌보는 일 말고는 책임 없이—기억해 내지 못해도 미안하지 않은 존재가 있다는 사실이—맥없이 소파에 앉아서 보면 베란다 가장 볕 좋은 곳에서 버젓이 자라고 있는 게 그래도 다행이었을까? 내 이름이나 가끔은 얼굴조차 기억 못 하면서, 초보 연기자처럼 어색하게 나를 아는 체하던 무구한 얼굴이 떠올라. 망가진 기억에 기억을 억지로 잘라 붙이는 일이 얼마나 비참한 기분인지 나는 잘 모르지만.

집에서 한 정거장 떨어진 등산로 옆 배수로에서 아버지가

발견됐다는 연락을 받았을 때, 이상하게 그날 봤던 화초들
이 떠오르더라. 나는 장례식 내내 눈물이 안 났으니까, 그게
내가 할 수 있는 최소한이었겠지. 직접 보진 못했지만, 나는
아버지의 마지막 모습을 떠올렸어. 배수로에 누워 노란 꽃
과 연보라색 꽃, 이번엔 빨간 꽃까지 한 아름 끌어안고, 의
기소침한 아이의 얼굴이 아니라 발그레한 공주의 얼굴로.
원한다면 외우기 쉬운 이름도 처음으로 지어 주고. 아버지
랑 친구 사이였다는 그 여자가 뻔뻔하게 내 손을 잡고 눈물
을 보일 때도, 나는 묵묵히 열중했어. 죽은 아빠 위에—내
가 새로 지어 준 이름으로 부르면 빳빳한 모가지를 돌려 내
쪽을 보는—화초를 던졌어. 배수구가 완전히 막혀 버릴 만
큼, 아빠 품 안에 꽃의 개수를 늘려 갔어. 그 화초들은 애초
에 이름 따위 없었으니까, 죄책감은 없어.

*너의 메모를 소리 내어 읽는다. 몇 번이나 읽는다. 한두 번
은 목소리를 흉내 내기도 한다. 너를 따라 하는 건 어렵지
않다. 지금 너는 이곳에 없고, 애초에 있었던 적이 없다고
여기면 아무 소리나 너의 소리가 된다. 꽃을 그리워하듯이
너를 그리워하면 그만이다. 매년 같은 모양과 색으로 피어
나는 꽃처럼 너는 반복될 것이다. 꽃을 사랑하듯이 너를 사
랑하면 그만이다. 같은 향과 같은 빛깔이라는 이유로 너를
너라고 오해하면서, 죽일 듯이 원망해도 불행을 모두 너의
탓으로 돌려도 괜찮다. 그리고 너를 다시 만나기만 하면, 미
운 구석이 하나도 없다.*

엄마는 요즘에도 네가 좋아하는 반찬을 자주 만들어. 나 역시 그 반찬을 좋아할 줄 알고. 나는 투정 없이 잘 먹어. 내가 위로랍시고 하는 말들은 그녀가 만드는 밥 한 끼보다 못하니까. 엄마와 내가 너의 식성을 기억하는 건 그래도 다행인 걸까.

어릴 적 너랑 내 키가 비슷했던 시절에는 널 속속들이 알고 있다고 생각했었는데—우리 일란성까진 아니어도 나름 쌍둥이니까—지금은 아는 게 없다. 생김새나 키가 달라져서 그런 걸까? 갈수록 이해하기 힘들었어. 오랫동안 네 용기가 원망스러웠고, 세상 물정 모르고 설쳐 대는 모습이 한심할 때도 있었고. 어쨌거나—지나온 날을 다 따져 보면—넌 좋은 오빠야—어른스러운 건 난데, 고작 8분 빨리 태어났다는 이유로 네가 오빠 역할인 게 불만인 건 여전하지만—지금은 대견한 마음이 커. 진작 물어볼 걸 어떤 꽃을 좋아하냐고. 이딴 작은 벌레가 뭐가 무섭냐고. 네가 많이 좋아한다는 여자 친구 얼굴도 더 자세히 보고, 너처럼 무심한 애를 왜 만나냐고 대놓고 흉도 보면서. 나는 여자 형제가 없으니까, 네가 그렇게 좋아하는 사람이라면 친자매 비슷하게 지낼 수도 있었을 텐데. 나는 언젠가부터—너를 상상해 내기 힘드니까—너의 세상을 짐작만 해. 네가 가장 아름답다고 생각하는 건 뭐였을까, 가장 경멸한 사람은, 정말 아버지였을까? 어쩌면 우리 모두였을지도.

남아 있는 기억 중에 우리 키가 비슷했던 시절에 기억이 제

일 또렷하다. 가끔 떠오르는 몇몇 장면에서, 너와 내 키는
늘 똑같다.

그래도 이 정도면 우리 집도 평범하지 않아? 형편없었던 몇
몇 일들만 제외하면 다른 집처럼 간직할 만한 추억도 서너
개 정도는 있겠지. 이제부터는 그런 것들만 간직하면 되는
거야. 우리 같이 영화도 자주 봤었는데, 너 일병 휴가 때였
나, 심야로 봤던 좀비 영화 기억나? 극장에서 집까지 두 정
거장을 걸어오면서 영화 제목에 무슨 대단한 의미라도 있
는 것처럼 쓸데없는 토론을 진지하게 했었는데. 네가 없으
니까 집에서 같이 영화 볼 사람이 없다. 거실에서 영화 한
번 보려면 엄마가 싫은 소리를 얼마나 하는 줄 알아? 제발
징그러운 거 좀 그만 보래. 요즘 영화 중에 사람 안 죽는 영
화가 어딨다고.

*하나도 안 무서워, 반갑기만 하지. 쟤들한테는 과거밖에 없
어. 남은 추억이 없다면 저렇게 밤거리를 걸어 다닐 이유
도 없어. 카메라가 돌지 않는 세트장을 두리번거리는, 미래
를 모조리 파 먹힌 좀비가 다시 네가 살았던 동네를 서성
이는 날이 오겠지. 엄마는 너의 작은 흔적만으로 예쁘다 예
쁘다 말한다.*

나도 이 집을 떠날 거야. 너나 나나 다를 게 뭐야. 나도 지긋
지긋해. 나야말로 진작 여기 없었어야 해. 시원하게 떨어져
나갔어야 해. 처음부터 여기 존재하지 않았던 것처럼. 맨살

이 어색해진 딱지처럼. 네가 부럽다. 너는 살고 싶을 때 엄마와 아빠를 빼닮은 부분을 내내 증오하다가, 죽고 싶어졌을 때 비로소 처량한 눈으로 그들을 보게 된 거야. 내 꼴을 봐, 네가 새치기하는 바람에 나만—이도 저도 아니게—그래 썩어 간다는 표현이 딱 맞네—얌전한 좀비처럼—결국 달라질 건 없겠지. 불평해 봐야 뾰족한 수도 없으니까. 여기서 이렇게 엄마가 나를 돌보는 한 나는 못 죽어. 내가 원래부터 없었다면 좋았을 텐데. 너도 편했을걸? 내가 진짜가 아니라면, 지루하게 늘어지는 이런 편지도 없었을 거야.

어쩌면 너라는 세계가 만들어지기 전부터 나는 있었어. 네가 너무 작아서 생명이라고 불리기도 민망한, 간지러움이나 놀라움 같은 고작 하나의 감각이었을 때부터—네가 결심을 하기 한참 전부터, 약속 장소에 언제나 너보다 한발 먼저—나는 있었어—어떤 나라에서는 쌍둥이 중 나중에 태어난 애가 형이나 누나가 된대. 그래 그게 맞지—앞으로도 난 너보다 먼저 있을 거야. 너보다 일찍 와서 너보다 늦게, 너보다 멀리서, 오래 머물다 갈 거야. 잘 모르겠는 거 있으면 언제든 물어봐—수학 문제 빼고—누나처럼 알려 줄게. 언젠가부터 네 주위로 원하지도 않은 것들이 덕지덕지 달라붙어—심지어 주인 행세를 하고 있으니까—네가 예전의 너를 본다면 너무 이상하겠지만, 나는 아무렇지도 않을걸. 난 너보다 어른스러울 뿐 아니라, 기억력까지 좋으니까. 나는 네가 버린 기억까지 다 기억해. 너 삼겹살 구워 먹을 때 몰래 로즈마리 뜯어 넣었잖아. 창문 닫으려고 베란다에 갈

때마다 고무나무 잎사귀 만지던 거 모를 줄 알아? 나는 엄마가 발명한 가장 지루한 안부 인사야. 나는 아빠가 뒤뜰에 묻고 썩길 바라는 비밀이야. 나는 계속해서—네가 앉았던—소파 빈자리에 앉을 거야. 뒤뜰에 비가 내리고 볕이 없더라도 썩지 않을 거야. 나는 누구와도 닮지 않았지만, 네가 엄마와 아빠의 미처 흉내 내지 못한 공백을 닮았어. 나는 네가 버린 화분에 뭐라도 심을 거야.

어쨌든, 남은 게 뭐든 꺼내 가꿀 거야. 베란다 창가에서 부엌으로, 방으로, 마음대로 네 자리를 바꿔 가면서. 너의 세상은 네가 새로 꾸리겠지만, 나는 나 나름대로 네가 머무는 곳이 폭신한 무언가 자라는 곳이었으면 좋겠어. 이리저리 뛰다 넘어져도 아주 잠깐 놀라고 마는, 나의 염려가 무색할 만큼 무해한 것들이 이유 없이 널리고 널려서 돌아오는 길에는 한 아름 너의 품에서 고요한 곳이었으면. 너의 품에서 고요하다는 말이 어떤 의미가 돼서 다시 그 양분으로 무언가 자라는 곳이면 좋겠어. 어쩌면 나의 기대는 너에게 권태로운 장면일지도 몰라. 그래도 어쩌겠어, 내가 아는 인사는 이런 건데. 나도 축복할 생각 없어. 이게 축복 같지도 않아. 다만 너를 떠올릴수록 빈 곳이 너무 많으니까, 황량하고 텅 비어 있는데 그냥 둘 수가 없잖아. 네가 예뻐서가 아니라 세상 이치가 그래. 세상에 미운 꽃이 하나도 없다는 게 나도 이상해. 나도 나이를 먹나 봐. 멸망한 거실에도 숲은 우거지고, 한 번도 나를 위해 피어난 적 없는데도 꽃이란 꽃은 죄다 좋아하게 되는 운명을 탓하고 싶지는 않아. 그래 이건 최소한이겠지. 정원이 썩길 바라는 사람이 어딨겠어.

너의 빈방에, 아무도 쓰지 않는 스툴에 둔다. 들어갈 때는 물이 잘 빠지는 플라스틱 슬리퍼를 신고, 문 바로 옆에 공기 정화에 좋다는 관음죽을 놓는다. 책상 서랍 어느 칸에는—이어폰과 운동화 끈이 수북하다—스투키 같은 걸 심는다. 이 빠진 키보드에는 허브나 다육이가 좋겠다. 남은 옷걸이에 차례로 몬스테라와 아이비를 걸고 금잔화를 아래 둔다. 커튼은 아예 떼어 버릴 생각이다. 그늘이 대부분인 네 방 창으로 들어오는 별거 없는 빛을 받으며, 매트리스 쪽으로 고무나무가 눕는다. 어쩌면 열어 둔 채로 깜박 잊은 창틀에 개망초가 자랄지 모른다.

너는 물과 볕과 온도에 민감해진다. 수분 측정기를 겨드랑이에 꽂고 미동 없이 누워 있대도, 살아 움직이는 게 무성한 숲이라면 악몽에 시달리지 않을 수 있다. 너를 해코지하려고 찾아온 부랑자들이 욕으로 모자라 저주를 퍼붓더라도—그러고도 분이 안 풀려—흠씬 두들겨 맞더라도, 기어이 잔인이 너를 관통하더라도. 멍투성이 몸으로 화단에 팽개쳐진 너는 물과 볕과 온도만으로 다시 산다. 나는 천천히 목을 축이는 너를 상상한다. 마르지 않는 화병 안에 물을 상상한다. 더 오래 꽃을 볼 수 있도록. 한 번의 고백만으로 여생을 보내기 충분하도록.

내 바람대로 그곳에도 풀이 자랄까. 꽃이 피고, 네가 꾸민

정원에서도 잘 자랄까. 나의 기대가 너에게 어떤 가능성이 될 수 있을까, 너의 맨다리 주위를 감싸던 풀들처럼 돌아올 용기가 될까, 그랬으면 좋겠어. 너와 너의 형제들과, 여태 너를 지탱한 이들이—가령 네 입 속을 들여다본 치과 의사나, 네가 탄 버스를 운전한 버스 기사, 얼굴에 기운이 좋다던 행인 1, 2, 사랑한 여자 1, 2, 3, 4, 질리게 듣던 가수와 흠모한 영화감독, 죽이고 싶다던 회사 동료, 삐져나온 윤곽을 다듬는 미용사와, 눈을 맞추면 도망가는 고양이들, 개들, 벌레들, 네 주문을 기억하는 식당 종업원과 묵묵히 음식을 조리하는 누군가, 구정물에 젖은 등산복을 말리는 아버지조차—네 옆에서 졸음이 만연한 곳이었으면.

식탁에 빈자리가 없도록 그릇이 놓여 있어. 우리는 둘러앉아 어릴 때 이야기를 하고 있어. 엄마는 십 분째 웃고 있어. 지겹지도 않나 봐. 너 어릴 적에 이십 원짜리 구슬을 동네 친구들한테 백 원에 팔고 다녔던 일이나, 멀쩡한 오디오를 망가뜨리고 그 안에 자석을 꺼내 가졌던 일. 네가 유괴당한 줄 알았던 날의 이야기. 건너편 신호등 아래서 이웃집 아주머니 치맛자락을 부여잡고 서럽게 우는 네 모습을 엄마가 묘사하면, 우리는 당시의 너를 떠올리며 웃고 있어—괜찮아, 시간은 절대 되돌릴 수 없는 거니까—접시에 식은 음식이 조금 남아 있어. TV는 여전히 켜져 있지만 내용이 궁금한 사람은 없어. 우리는 쉬지 않고 얘기를 하고, 다시 다른 시간대의 불행을 빌려 와서 웃고 또 웃어. 때때로 웃음소리에 꾸밈이 없어.

엄마는 싱크대에서 행주를 빨기 시작해—정적을 못 참아서야—너는 냉장고를 열고 반찬통을 하나씩 넣고 있어. 이건 어디고 저건 어디에 두는 거냐고 사사건건 물어봐. 나는 접시를 비우고 컵을 치웠어. 그제야 네가 돌아왔다는 게 실감 났어. 너는 마시던 컵을 맨날 같은 자리에 두잖아—행주를 한쪽에 두고—여전히 싱크대 앞을 버티고 선 엄마는 물줄기를 최대한 가늘게 만들어. 어지럽게 쌓인 집기들과, 집기를 잡았다 놓는 고무장갑이 약한 물줄기를 망가뜨리는 소리가 어떤 추억보다 애틋하게 들려. 그 많은 불행을 속이고 도망쳐 여기까지 왔다는 사실이 기적보다는 장난에 가깝게 들려.

건조대에 접시들이—물을 뚝뚝 흘리고 있어—음식이 담기기 전의 말끔한 상태로 있어. 축축한 행주로 빈 식탁을 닦는 동안에도 엄마의 얼굴에는 웃음의 잔상이 지우다 만 문신처럼 남아 있어. 내가 이미 닦았다고 말해도, 엄마는 무심결에 손을 움직여. 곱씹고 다시 곱씹는 거야. 모양을 접었다가 반대로 편 색종이처럼, 자국이 남아서 자꾸만 그때로 돌아가. 그게 좋은 거야. 구겨진 것처럼 보여도, 행여 선을 따라 반듯하게 찢기더라도, 너를 알기 전의 새 얼굴로 돌아가고 싶지는 않을 거야.

집에 개라도 한 마리 있었으면 저 딱한 얼굴을 열심히 핥아 줬을 텐데.

너는 꾸역꾸역 울고 있다. 더는 눈물이 나오지 않는데도 우는 얼굴만 하면 우는 줄 안다. "뛸 거야, 말 거야," 나도 울음이 터질 것 같다. 전염이란 게 이렇게 무섭다. 이렇게 성가신 것이다. 무시하고 싶어도 무시할 수가 없다. 나는 나오려는 콧물을 꾸역꾸역 목구멍으로 삼킨다. 나는 울지 않을 것이다, 못생긴 얼굴이 되지 않을 것이다. 적어도 셋 중 하나는 제정신이어야 한다. 누구 하나는 대표로 말끔한 얼굴이어야 한다. 그래야 모든 게 끝이 나고 어리둥절한 와중에도, 그간의 사정을 빠뜨리지 않고 설명할 수 있다. 나라도 처음의 결심을 잊지 말아야 한다. "왜 이러고 있어, 나 추워. 춥다고!" 한편으로는 나도 다를 거 없다. 나는 보챌 힘도 없다. 손아귀 안쪽에 끈적이는 열기가 답답해서 손을 놓고만 싶다. 올려다본 그녀의 얼굴은 이미 멈춰 있다. 슬픈 척해도 나는 다 안다. 광대뼈와 입술의 굴곡을 따라 흐르다 만 눈물은 담벼락에 붙여 놓은 스티커처럼 색이 바래고 너덜너덜하다. 흘러 떨어진들, 뱀이 버린 비늘처럼 말라비틀어져 볼품없을 것이다. 나는 모든 게 수포로 끝날 것임을 안다. 나의 기특한 다짐에도 불구하고, 시간을 오래 끌어서 이런 웃긴 꼴이 된 거다. 그녀는 결국 우리의 손을 놓지 못한 채로 계단을 내려갈 것이다. 분노와 안도가 뒤섞인 한숨을 내쉬며 어떤 희망적인 미래를 꿈꾸어 볼지도 모른다. 그렇게 되면 나는 억울해서 펄쩍 뛰고 싶을 것이다. 그녀를 이만큼 이해하고, 죽을 계획에 가담할 만큼 사랑하는데, 내가 어리다고 나를 배신해? 그래, 나도 똑같다. 다 그만두고 싶다. 주저앉아 울고만 싶다. 우는 것만이 유일한 해결책이라는 생각이 든다. 그게 얼마나 어린애 같은 생각인지 알지만. 어쩌면 그녀에게 할 수 있는 유일한 복수일 것이다. 그녀를 골탕 먹이고 싶다. 난처해하는 얼굴을 보고 싶다. 너처럼 울기만 하면, 못생긴 얼굴로 울기만 하면 아무 일도 아닌 게 될 수 있다. 우리 매일 서로 부서지고, 부서진 파편 중에 닮은 게 하나도 없다고 믿었는데, 그렇게 서로를 원망하는 중에도 우리는 고작 한 가지 소리로 울 수 있다.

너의 정원

흰 밤, 흰 개

흰 눈 위에 엎드려
죽은 흰 개가 평온해 보이나요

벌써 두 시간째예요
이제 낙엽보다 가벼울걸요

아스팔트에 붙은 딱정벌레가
딱 그런 모양일걸요

윤택한 당신 눈동자
위에 엎드린 눈꺼풀을 보고 있어요
대신 떨고 있어요

낙엽을 밟았나요?
실수로 꼬리를 밟았나요

놀란 얼굴에 나도 웃어요
흰 눈에 지린 흰 개의 오줌처럼

나도 웃어요

다시 몇 안 되는 눈이 내려요
아가의 젖니 같네요
다문 입술에 덮여요

그 위를 걸었나요
발이 차요

개가 물어 간 운동화 한 짝은
없는 셈 칠까요

내가 한 말 생각해 봐요
희지 않았던 개가 희어지는 걸
당신도 봤잖아요

봄이 되면 드러날걸요
그 전에 묻어야 돼요

흰 밤, 흰 개

나도 도울게요

듣기 좋게 꾸며 볼게요

당신 발 주위에는 모든

멸망에 관한 알리바이가 있죠

당신이 삽질을 멈추지 않으면

내 이야기도 안 멈춰요

그리고 쉬어요

도통 짖지 않았던 개가

아주 짖지 않는 개가 되는 순간처럼

누워요 우리

악수나 포옹 없이 일단

눕기나 해요

흰 눈 대신 죽은 흰 개 위에
가벼운 자국에 누워요
개를 덮어요

지저분한 당신의 발
거기 기댄 흰 턱을 보고 있어요

눈을 밟았나요

뽀드득,
이 가는 소리가 나요

9월 23일

am 10 : 13
베란다에 고장 난 보일러를 고치러 수리 기사님이 오셨다

am 10 : 20
수리 기사님은 교체가 필요한 부품을 알려 주신다
말소리가 연장 소리에 섞여 확신이 된다

am 10 : 45
보일러에서 수리 전과 다른 소리가 난다

pm 03 : 10
아침부터 흐리더니 가랑비 내린다
선인장의 얇고 촘촘한 검지가 비의 개수를 헤아린다

pm 03 : 10
나도 잠깐 밖을 본다

pm 08 : 42

집에 온 어머니는 축축한 기분을 베란다에 말리신다
요즘은 가랑비에도 어깨 축이 아리다며
스스로 어깨를 주무르면서

pm 09 : 15
9시 뉴스에서 감자탕집 안으로 들어온 멧돼지는
테이블을 뛰어넘고 사방에 머리를 박다가 끝내
사람 쪽으로 돌진했다고 한다

pm 09 : 16
벽에서 벽으로 메아리치듯 움직였다고 한다
들어왔던 문을 못 찾아서 그랬다고 한다

pm 09 : 16
식당 주인이 멧돼지의 죽음을 인터뷰한다
겁에 질린 얼굴로 멧돼지 씩씩거리는 표정을 흉내 낸다

pm 11 : 45

9월 23일

아버지는 TV를 켜 둔 채 잠이 들었다

pm 11 : 46
듣던 이가 잠들고 없어도 그들은 당황하지 않는다
하던 말을 이어서 한다

am 00 : 57
이 시간이면 마땅히 그래야 한다
같은 이유와 같은 마음으로
같은 높이로 몸을 눕혀야 한다

am 01 : 30
눕는 일이 어색한 사물들은 그림자라도 길게 늘이다가
문지방을 밟는다 재수 없게

am 02 : 00
난처해진 나는 현관을 나선다
아무도 없는 거리에서 타다 만 냄새가 난다

am 02 : 04
보도블록 옆 수풀에서 귀뚜라미 튀어나온다

am 02 : 05
한 번도 그를 원망한 적 없으나, 길섶으로
사라지는 내내 꺾인 뒷다리를 절었다

am 10 : 30
신문지 위에는 보일러에서 탈락한 부품이 있다

pm 08 : 45
우산을 못 피한 빗물이 베란다에 고여 있다

pm 09 : 16
거실에는 불규칙한 숨을 고르는 동물이 있다
찬 바닥에 바짝 엎드려 뜨거워진 배와 젖을 식힌다

am 02 : 05

9월 23일

나의 걸음걸이가 그의 일생을 망쳤다

pm 09 : 17
나는 문을 통과하여 뛰어갔던 기억뿐이다
이토록 긴 시간을 여기서 맴돌 줄은 몰랐지

am 00 : 56
창 너머에 사람들이 일제히 그를 본다
말을 멈추고 표정을 그만둔다
느슨해진 손을 노려본다

am 00 : 56
꺼지다 만 불씨의 눈을 하고 있다
(안 볼 거면 끄고 자)

pm 03 : 13
괜히 위로했다
선인장이 비를 그리워할 리 없는데

am 00 : 55

아버지는 씩씩 코를 골고 있다

리모컨을 느슨하게 쥐고 있다

am 00 : 57

깜박한 게 아니라 여기선 환함이

유일한 안식이라서

불면에 좋은 소란을 자장가 삼았다

pm 03 : 19

손가락 끝에 박힌 손가락이 성가시다

섬에 다녀왔어. 작은 섬에 가려고 큰 섬에서 배를 탔어. 출발할 땐 날이 좋았는데 남쪽 바다는 한 가지 표정밖에 없는 줄 알았는데, 비 오고 바람 부니까 죽자 살자 성질을 부리더라. 바다는 죽은 것으로부터 양분을 얻는다고 하잖아. 뱃속에 온갖 죽은 물고기랑 해초 찌꺼기랑 이미 가라앉은 것들을 휘저어 살아 움직이는 것처럼 보이려고 그랬나 봐—아직 팔팔하다고—직접 키운 흑염소를 건강원에 데려온 노인 같더라. 중탕기 스팀 소리보다 우렁차게 가래를 끓면서. 드디어 노망이 났구나 이놈의 노친네, 염병할 노친네, 염소의 떨리는 음조로 험담을 퍼붓는 할머니 입에, 숟가락으로 한 술 한 술 거무튀튀한 즙을 떠먹이는. 아직 팔팔하다고. 모든 걸 가져도 될 만큼 건강하다 소리치는, 그 괴팍한 눈, 코, 입 똑똑히 보고 싶었는데, 뿌옇게 바스러지는 등뼈만 실컷 봤어. 얼마 걷지도 않았는데 후드 티랑 안에 반팔까지 다 젖고 금방 축축한 날이 돼 버리더라. 그런 날이라 점심에는 바싹 익힌 갈치구이를 먹었어. 살점 수평으로 떼어 내고, 너도 알지? 나 생선 잘 바르는 거.

그릴의 빗살무늬가 갈치 옆구리에 문신처럼 선명하다. 나는 군침이 돈다. 흰 밥 위로, 밥알보다 투명한 빛깔의 김이 피어난다. 서비스로 나온 고등어조림을 떠다 그 위에 올린다. 배가 고팠다. 젖은 옷 때문에 쌀쌀했고, 덕분에 빨리 지쳤다. 나는 서둘러 먹어 치운다. 생선 살 만큼 물러진 무를 쉽게 으깬다. 수저로 밥공기의 가장 안쪽까지 긁는다. 더는 희지 않은 밥알 사이에서 희끗한 소리가 샌다. 갈치를 발라 낼 때만큼은 서두르지 않는다.

..

작년 겨울이었나, 친구들이랑 술 먹고 너 엄청 취했던 날 기억나? 너네 집에서 10분 거리에 있는 철도 공원이었는데, 벤치에 앉아서—머리를 못 가누니까—바닥에 닿기 직전까지 고개를 떨구고는 지박령처럼—무슨 돌하르방처럼—두 시간을 꿈쩍도 안 했어. 별안간 깨어나서는 속이 안 좋다고, 걸어야겠다고, 입으로는 얼른 집에 가고 싶다면서 자꾸만 반대 방향으로 걸어갔잖아. 나는 속수무책으로 뒤만 졸졸 따라갔어. 한참을 걷다가 네가 그랬잖아, 다시 태어나면 물고기로 태어날 거라고. 수영도 못하는 게 무슨 물고기냐고 놀렸더니, 애초에 물고기는 수영 따위 안 배운다면서, 날 보지도 않고 말했잖아. 물고기들 사는 세상은 가득 차 있는 거 같다면서, 여기는 텅 비어서 비틀비틀 걷다가 무릎이나 깨진다면서, 잔뜩 취해서는 부축하는 내 팔도 뿌리치고 걸었어. 겨울 바다에 빠진 것처럼 온몸이 시린 날이었는데. 편의점에서 사 온 스크류바 우걱우걱 깨물어 먹더니 볼 안쪽이 얼얼해질 만큼 차가운 하드 때문에 술이 너무 빨리 깨버렸다고, 주저리주저리 떨어진 목도리에 대고 욕도 했잖아. 생각해 보면 한여름이 아니고서야 바다는 내내 추운데, 그런데도 넌 거기가 좋아?

(— 있잖아, 나는 요즘 까진 무릎 주위로 물고기가 꼬인다.)
— 응? 방금 뭐라고? 크게 말해 봐, (보글보글) 거품 소리만 내지 말고.

··

가운데 검게 솟은 바위 보고 알았어. 우리 같이 지났던 길이야. 그때랑 똑같아. 주민 회관이랑 유치원 건물이 끝나는 곳에서 오른쪽으로 코너를 돌자마자 언덕 아래부터 커다란 바위 쪽으로 난 길. 산책로처럼 보이지는 않았지만 정자가 가까워 보였어. 그리로 무작정 올라갔었잖아. 정자는 결국 못 찾았지만 이미 산 중턱이었고, 언덕을 따라 길은 계속 있었으니까 아쉬운 대로 바위 쪽으로, 어쨌든 높은 곳으로 가 보자고, 갈수록 풀이 멋대로 자란 숲길을 올랐더니 길이 끝나는 지점에 녹색 철사를 마름모로 엮어 만든 펜스가 막고 있었잖아. 펜스 너머로 멀리 해변가가 보였어. 너무 좋다고. 너무 좋다고. 두 번 세 번 말했잖아. 너는 지저분한 펜스를 손으로 붙들 엄두는 못 내면서, 대신 콧등과 입술에 빗금이 선명해질 만큼 펜스에 몸을 바짝 붙이고 서서 바다만 한참을 봤어. 너무 좋다고, 그러니까 아무도 몰랐으면 좋겠다고 했어. 호기심 많은 관광객도, 군홧발로 길을 내는 군인도, 저녁 시간 지나 아이를 찾는 부모도, 우연히 들어서는 게 아니라면. 아니 우연히 들어서더라도 다음 날이면 아주 잊혀더는 모르는 곳이었으면 좋겠다고. 나 진짜 다 잊었었는데, 지난 시간이 가소롭다는 듯 거기 그대로 있었어.

..

첫날 관광 안내소에서 챙긴 지도가 벌써 엉망이야. 원래는 손바닥 크기로 깔끔하게 접혀 있었는데, 펼쳤다가, 접을수록 두꺼워져. 한두 번 펼쳐 본 게 단데 순서를 모르겠어. 예전처럼 지도 보면서 걷고 싶었는데, 되는 게 없다. 뭐 휴대폰 지도가 편하긴 하니까. 더 찢어지기 전에 가방에 넣어 둬야지. 기념품이라고 생각해야지.

택시 호출을 15분 넘게 기다렸는데 안 잡혔어. 다행히 버스 정류소를 지나왔던 게 생각나서 왔던 길을 얼마간 되돌아갔어. 낡은 정류소였는데, 사람이 없기도 하고 붉은색 벽돌 벽에—들러—붙어 있는 시간표를 알아보기 힘들어서 버스가 서긴 서는 건가 싶었어. 그래도 정류소 벤치에 막 앉았을 때는 등과 엉덩이에 전해지는—메탈 소재 특유의—찬 감촉 때문인지 뜬금없이 어떤 기대감에 들뜨기도 했어. 20분 남짓을 더 기다려서야 숙소 근처로 가는 버스에 탔어. 서서 가려고 했는데, 딱 봐도 나처럼 관광객으로 보이는 사람들한테 굳이 자리를 양보하고 싶지 않아서 결국 앉았어. 내 자리가 바닷가 쪽이 아니라서 경치는 그저 그랬어. 어차피 시내로 가는 버스라 반대쪽에서도 바다는 잘 안 보였을 거야.

붐비는 시장 옆 도로를 천천히 지나는데 서너 정거장 전부터 내 옆에 서 있던 남자가 노래를 부르기 시작했어. 실은—작은 소리로—가사를 중얼대는 거에 가까웠지만. 어쨌든 들어 본 가사라서 노랜 줄 안 거겠지. 뭐였더라, 옛날 노랜데, 리메이크된 적도 있었고, 하여간 엄청 거슬리더라. 슬쩍 봤더니 귀에 이어폰을 꽂고 있었는데, 입 밖으로 노래가 새어 나오는 줄도 몰랐나 봐. 해맑게 창밖만 보면서 가더라. 입은 계속 뻐끔거리면서. 꼴 보기 싫었어. 뒷자리에 아저씨들 시끄럽게 떠드는 건 그러려니 하게 되는데, 왜 모르는 사람 노랫소리는 아무리 작아도 끔찍하게 들릴까.

버스는 달린다. 정류소에 정차할 때마다 맞닿은 쇠가 갈리는—코끼리 울음—소리가 난다. 길게 걸린 신호 앞에서—튜브에 바람 꺼지는 소리가 난다—잠시 멈췄다가, 출발할 때 목과 등이 기우는 느낌이 좋다. 넘치는 자신감으로 방향을 선택한다. 교차로에서 깜빡이를 번뜩인다. 생경한 냄새를 풍기는 전통 시장을 지날 때는 조심스럽다. 어느 주택가

의 언덕을 신경질적으로 오르다가 빼꼼히 바다를 보여 주기도 한다. 나는 창문을 살짝 연다―노래를 듣기 싫어서―들이치는 바람 쪽에 얼굴을 둔다. 금방 코끝이 아리다―지겨운 비염 때문이지―아예 먹먹하다. 버스가 다시 속도를 낸다. 방향을 알 수 없게 코너를 여러 번 돈다. 나는 몸이 기우는 반대로 간다.

..

까마득히 오래전인데 어제 일 같기도 해. 진짜 웃겼는데 너 죽을 거라고, 죽어 버릴 거라고 깔깔거리면서 바다 쪽으로 뛰어갔던 거. 너는 디딜 때마다 푹푹 꺼지는 모래 위를 뒤뚱뒤뚱 걸어갔어. 가끔 이쪽으로 손을 흔들었어. 나는 우리가 함께 설치한 그늘 아래, 뜨뜻미지근해진 모래에 오른쪽 팔꿈치를 파묻고 작아졌다가 다시 일어나는 장면을 보고 있었어. 해수욕장에 사람들이 우리 사이를 아무렇지 않게 지나갔어. 모래에 찍힌 모양 중에 너를 알아보기가 힘들었어―낙타나 고양이 발바닥이면 쉬웠을 텐데―파도에 질세라 퍼부어 대는 햇살에 색을 체념한 실루엣들이 뭉뚱그려졌다가 흩어지기를 반복했어―그러니까 선글라스는 꼭 챙기라고 네가 몇 번이나 당부했는데―아이가 애지중지하던 모래 더미처럼 너는 뚝뚝 녹아 없어질 듯 작아지고, 느려지고, 그러다 바다 쪽으로 아예 몸을 돌리는 바람에 표정이 안 보여서 무서웠어. 고약한 농담만 할 줄 아는 불린 미역 같은 머리카락만 흘러내리잖아. 너는 무거워진 수영복이 원하는 방향으로 묵묵히 걸어갔어. 그대로 죽어 버리는 줄 알았는데. 커다랗게 놀래키는 파도가 아니었으면 정말 죽어 버렸을지도 몰라.

모래가 딱지처럼 들러붙은 무릎을 한사코 털어 낸다. 별거 아니라는 의미로 어깨를 산뜻하게 움직인다. 누구든 날 구했을 거라고, 이만큼 북적이는 해수욕장에서 죽는 게 어디 쉽냐고 말을 할 때, 나는 사건이 아니라 시간이 무섭다. 사건에 관해서는 나도 목격자지만, 시간은 너만 안다. 너는― 말을 돌리려고―시시한 목격담을 늘어놓는다. 너무 오래 변명 같은 말을 한다. 뒤집어 놓은 불가사리의 빨판 같은, 마른 손바닥을 발갛게 부어오를 때까지 문지른다.

우리는 한 시간쯤 더 머물며 수영을 했어. 나는 네 주위를 돌면서 네가 탄 노란 튜브를 끌고 다녔어. 너는 튜브에 몸을 단단히 고정하고, 말을 할 때마다 뽀드득 소리를 냈어. 조금 멀리 나온 바다에서―발이 닿지 않은 수심에서―도넛 모양의 튜브에는 모서리가 없으니까, 빈틈없이 너의 양쪽 겨드랑이를 압박했을 거야. 어쩌면 네가 익사할 뻔한 지점에서야 너는 꼼짝없이 질린 얼굴로 나를 봤어. 가쁜 숨을 내뱉듯 들려준 적 없는 이야기를 계속했어―뽀드득 소리를 내면서―작년에 친구들이랑 갔던 라오스에서 나 몰래 미국인 남자 여럿이랑 술을 마셨다는 이야기나, 중학생 때 허락 없이 간식을 훔쳐 먹은 언니가 미워서 언니가 아끼는 거북이를 하천에 버린 이야기. 네가 아직 꼬마일 적에 동네 과일 가게 아저씨가 너의 귓불과 엉덩이를 만졌다는 이야기. 그 후로 성당 옆을 지날 때마다 그 씨발놈이 죽게 해 달라고 속으로 빌었다는 이야기. 어떤 이야기는 필요 이상이라고 생각했지만, 화도 나고, 말이 안 떠올랐지만—그날부로 참외 알러지가 생겼다는 말은 믿기 힘들었지만—어쨌거나 나는 안심이 됐어. 네가 이야기하는 동안만큼은, 적어도 너의 튜브를 잡고 있으면 우린 파도만큼 말랑해졌으니까. 어딘가로부터 멀어졌다가 가까워졌다가, 결국 그대로였잖아.

수영이 서툰 너에게 보란 듯 잠수를 선보인다. 수면 아래쪽에는 여전히 튜브를 믿지 못하는 발이 분주하다. 오직 그들만이 차분한 눈으로 나를 본다. 불행 따위에 관심 없는 눈. 숨을 참는 중이라고 하기엔 발랄한 눈. 징글징글한 민트색 동그라미. 너의 땡땡이 수영복을 증오해. 짜디짠 속에서도 눈 하나 깜짝 안 하잖아. 독한 눈. 말간 눈. 너만 멀쩡해. 없던 환 공포증이 다 생기겠어. "젖는 게 당연해."라고 속삭인 후에, 곧바로 얌전해진다. 눈동자는 일부러 안 그렸겠지.

말수보다 기포 수가 많아진다. 서둘러 위로 올라간다. 한껏 찡그린 나를 보며 너는 기포 터지듯 웃는다. 못생겼다며 얼굴에 소금물을 뿌려 댄다. 나는 더 못생겨진다. 수면 위쪽에 너는 여전히, 노란 튜브를 단단히 붙든 채로—축축하게 굳은 채로—그 자리 그대로 있다.

요즘에도 그 꿈을 자주 꿔. 너의 두 발이 납덩이처럼 무거워지는 꿈이야. 너는 조바심 내는 파도에 흔들리지 않고, 감정도 없어 보여. 너는 바위 좁은 틈에 쪼그려 앉아 정착할 작정이야. 나는 너를 저지할 힘도 마음도 없어. 말하자면 너는 물고기가 아니라 산호초 같은 게 되고 있어. 돌처럼 굳어 있다가도 물속에서는 아주 물렁해져서, 조용히 마음만 먹으면 지나는 모든 것들을 배웅할 수도 있는 그런 거.

너는 누구 맘대로 그런 끔찍한 꿈을 꾸냐고 따진다. 원래 꿈은 반대라며 안심하기도 한다. 적어도 죽는 순간에는 후회나 책임 없이, 해변에 버려진 해파리처럼 말랑한 죽음을 맞고 싶다고 한다. 더는 바다에 미련 따위 없다는 듯이. 살아 있었던 적도 없다는 듯이.

우리 처음으로 바다 보러 갔던 날, 내가 얼마나 떨렸는지 알아? 겨울이라서가 아니라, 네가 좋아서. 해안가를 크게 돌아가는 기차를 그날 처음 탔어. 겨울 바다가 더 좋다고 말하는 사람이 세상에 너 하나뿐인 것만 같았어. 네가 흰 겨울 바다처럼 웃는다고 생각했어. 너는 꽤 또박또박한 발음으로 잠꼬대한다는 사실이나, 사랑이 끝날 때마다 물을 반 컵씩 마시는 습관이 있다는 걸 알게 되었던 겨울에, 우리 나란히 침대에 누워 채널을 돌리다가 우연히 영화 〈타이타닉〉 마지막 장면을 보고 들떠서는 그대로 숙소 앞 바닷가로 나갔었잖아. 너는 맨발에 슬리퍼만 대충 신고, 시린 발이나 혹독한 계절을 깜박한 것처럼 모래 쪽으로 혀를 날름거리는 파도에 꼬물거리는 발가락을 내밀었어. 너는 무서운 게 없고, 파도가 삼켜 버린 모든 시절을 발아래 굴종시키겠다는 듯이. "차갑지 않아?" 놀라서 묻는 내 쪽으로 발끝에 묻은 바닷물을 던지는. 너를 당겨 빠뜨리려고 위협하면서, "정신 차려요, 잭. 약속해 줘요, 잭." 너를 잭이라 부르며 도망가면, 너는 깔깔 웃으면서 고래고래 소리 지르면서, "내가 아니라 잭은 너다. 로맨틱하게 나를 살리고 죽어라! 바다에 빠져 죽어라!" 해안선을 간신히 넘은 만만한 파도를 발로 차면서 잡아끌었다가 놓치면서. 멀리서 보면 마침내 바다를 빠져나온 두 명의 잭이 침몰하는 바다를 배경에 두고 서로를 향해 도망치는 모습이 씩씩하게 보였을 거야. 우리 숨을 고르며 화해의 의미로 손을 가벼이 잡고 언 모래 위를 걸어갈 때, 네가 사박사박 웃는다고 생각했어. 거기 우리뿐이라서 좋았는데. 하긴, 그런 날씨에 누가 바닷가에 가겠어.

..

— 나중에 돈 많이 벌어서 여기 살까?
— 좋을 때 오니까 좋아 보이지.
— 별로일 때도 몇 분만 있으면 좋아질걸.

우리는 정지한 듯 움직이는 구름이 변하는 순간을 포착한다. 터줏대감처럼 튜브에 머리만 내밀고 넘실넘실 떠다니는 아이를 놓치지 않는다.

　— 창문을 바다 쪽에 두면 우울증에 걸리기 쉽대.
　— 걱정 마, 어차피 그런 집은 비싸서 못 사.
　— 바다가 안 보여도 괜찮아?
　— 소리는 들리지 않을까? 가끔 이렇게 나와서 보면 되지. 그럼 우울증도 안 걸려.
　— 자주 봐서 지겨워지면?
　— 그러기 전에 죽어야지. 오래 살아서 뭐 해.
　— 내가 아는 사람 중에 네가 제일 장수할걸.

나는 한 움큼 모래를 떠다 너의 발등에 덮는다.
너는 발가락을 움직이지 않는다.

　— 너 초밥 좋아하잖아. 수영도 실컷 하고.
　— 나는 빨래가 걱정이야.
　— 해풍에 말린 속옷이라니, 끔찍하긴 하네.
　— 신발이 더 걱정이야.
　— 이 동네에선 그런 냄새 아무도 신경 안 써.
　— 냄새는 그렇다 쳐도 감촉은 적응이 안 될걸.
　— 슬리퍼 신으면 되지, 너 맨발 좋아하잖아.
　— 진짜로 여기 사는 건 완전 다른 얘기야. 나는 잘하고 싶어.

— 넌 걱정이 너무 많아. 우리는 잘할 거야.

— 여기서 우린 아무 위협도 아니야. 아무것도 아니야.

— 좋지. 죽은 듯이 살자. 조용하게.

— 나는 그 정도론 만족 못 해.

우리는 펜스 너머로 작게 보였던 섬들을 가까이 본다. 너의 어깨에 들러붙은 반짝이는 모래를 털어 낸다.

— 나를 사랑해?

— 사랑해.

— 가진 걸 다 버릴 만큼?

— 내가 가진 건, 다 네가 가져.

— 거봐, 문제 될 거 없잖아. 우리만 좋으면.

— 바다에 이만큼 가깝다는 게, 너는 아무렇지 않아?

— 그래서 여기가 좋은 거니까.

— 솔직히 나는 모르겠어.

— 우리는 잘할 거야, 다 괜찮을 거야.

— 나는 모르겠어.

— 결국엔 나보다 네가 더 좋아하게 될걸.

— 생각해 봐, 240도 안 되는 발을 파도가 겁낼 것 같아?

..

슬리퍼 위에 둔 조개랑 뿔소라 껍데기를 누가 가져갔어. 해가 떨어지기 전에 스노클링을 좀 더 해 보려고 바다에 나가 있었는데, 그 새 도둑맞았어. 부주의했지. 혼자 왔으니까 감시할 사람이 나밖에 없는 게 당연한 건데. 비치 타월에 올려 둔 가방이나 휴대폰, 옷은 그대로 있는데, 그런 걸 어디에 쓰려고 가져간 거야. 해변에서 놀던 꼬마가 혹해서 훔쳤겠지.

..

그냥 꿈이면 좋겠다. 불공평하잖아. 우리가 애써 완성한 기억이 머물 자리 하나 없이 떠도는 게. 구석에 처박혀―낯설어지다가―각자의 해진 기억이 되는 게 싫어. 우리가 아무것도 아니라서―모래알만큼 흔하고 작아서―쓸려 없어지면 그만이야. 풍경은 그대로겠지. 너는 참을 수 있어? 우리 처지가 처량해. 농담거리도 안 된다는 게 억울해. 적어도 꿈이라면―시간이 빌붙지 않으니까―모두가 똑같고 공평할 거야. 바다도 낡고, 구름도 늙을 거야. 가까이 가면 오래된 보일러실 냄새가 날 거야. 관절 비슷한 게 있다면 삐그덕 소리도 들리겠지. 당뇨에 오래 시달린 노인처럼 솜사탕 기계의 단내를 풍길 거야. 모른 척 넘어가야지. 거기선 누구나 똑같으니까. 원하는 걸 가져도 빼앗은 게 아니고. 상상해 봐, 헐값에 구한 바닷가 창고에 컵이며 옷가지며, 빈티지 조명이랑 카펫, 우리 취향의 만화책과 음반으로 넘치게 채워도 상관없을 거야. 집주인 허락 없이 박스 테이프로 포스터를 붙이고 마음대로 못을 박고. 폭풍우 몰아치는 날이면 너 좋아하는 전복이나 가리비, 문어가 하늘에서―2인분은 족히—떨어질 테니까 마당에서 쓸어 담으면 굶을 일 없어.
바다 벌레의 징그러움이나 이웃의 친절함 따위가 불쑥 들
이닥치더라도 별일 아냐, 그저 풍경이니까. 나쁜 게 어딨어,
다 한배에서 나왔는데—뒤섞일 뿐이지—구름의 변덕이나
부둣가에 역한 냄새나 달리기나 부서지는 소리나 도둑질이
나 입 속에 들이치는 짠맛까지 구분이 없을 거야. 중요한 건
별로 없을 거야. 꿈일 뿐이라면, 감기약이라도 입에 털어 넣
고 꾸던 꿈을 이어서 꾸는 편이 나을 거야.

    ― 내가 말했지, 창문을 바다 쪽에 두면 안 된다고. 우울
      증에 걸리기 쉽다니까.

너는 엉덩이를 요란스럽게 털어 내며 일어난다. 모래가 잔
뜩 묻은 비치 타월을 내 얼굴에 던진다.

                          ‥

너를 따라 푹푹 꺼지는 모래를 걸어가는 놀이가 아직 재미
있다. 잃어버리더라도 너의 발소리나 가까운 미래 정도는
눈 감고도 알 수 있다. 날이 더워지면 어김없이 부어오르는
손목에 물혹이나, 귓바퀴에 늘어 간 피어싱 개수를 알 수 있
다. 너 역시 어렵지 않게 나를 알아볼 것이다. 배영을 알려
주다 네 손톱에 일자로 그어진 자국을 보이면, 모른 척 못
하겠지. 미래의 어느 날에, 아마도 우리는 살 만큼 살았다.
해가 솟구치는 장면이 지긋지긋해질 때까지 같이 놀았다.

너는 물고기와 해초를 한데 넣고 정체 모를 국을 끓인다—집에 저만한 냄비가 있었나?—오래 여행이라도 떠날 사람처럼 10인분은 족히 되는 양을 한번에 끓인다. 얼굴이 비칠 만큼 깊고 진한 엑기스를 국그릇에 담는다. 나는 솔밭의 안개 속이나 해변으로 이어지는 시멘트 계단 옆에 숨어 있다. 너는 태연한 저녁 풍경으로 서 있다. "어떻게 찾았어?" 나는 놀란 듯 묻지만, 실은 어제와 다를 것 없다. 너는 왼손에 사기그릇을 오른손에는 누룽지 맛 사탕을 들고 있다. "아메리카노라고 생각해. 그냥 약이라고 생각해." 너의 늙은 새끼손가락으로 휘휘 젓는다, 부유하는 눈꼬리와 입꼬리가 원의 가느다란 궤적을 만든다. 도망칠 데가 없다 우리는. 그러나 따라 잡히기 직전이라도 먼저 바다에 뛰어드는 반칙을 하지 않는다. 서두르지 않는다—힘이 닿는 한—최대한 천천히 해안가를 따라 걸어야 한다. 그냥 죽자는 말이 오래 행복하자는 말과 똑같게, 지루하게 들려야 한다. 선글라스와 땡땡이 수영복을 잊지 않고 챙겨야 한다. 심장에서 먼 발가락부터 물에 닿아야 한다. 아주 오랫동안 도망쳐 왔다고 생각했는데, 문득 돌아봤을 때 가깝게 손을 흔드는 너의 오랜 속임수가 좋다.

··

8월에는 많이 바빴으니까, 휴가철이 지나서야 여기 올 수 있었어. 원하던 숙소에 예약이 텅텅 비어서 좋았는데, 부쩍 추워진 날씨 때문에 수영은 얼마 못했어. 해가 지기도 전인데 숙소에 가기 싫어서, 아직 열기가 남은 모래 둔덕에 쪼그리고 앉아서 바다 구경이나 실컷 했어. 비치 타월을 걸쳤더니 춥진 않았어. 근처 서핑용품점에서 산 건데 감촉이 나쁘지 않아. 나중에 사진 보여 줄게. 야자수랑 서핑 보드가 패턴으로 그려져 있는데 벌써 올이 빠지는 걸 보면 인터넷에 파는 싸구려가 틀림없어.

굳이 모래사장을 가로질러 걷는다. 돌아보면 내 걸음걸이가 얼마나 지저분한지 알겠다. 해변을 망친 만큼 방이 더러워진다. 이틀은 더 있어야 하는데, 자기 전에 볼 영화도 골라 놨고, 두어 번 정도는 직접 요리해 먹을 요량으로 마트에서 장까지 봐 왔는데, 모래투성이다.

내가 여기서 뭘 하는 거지. 몇 번 와 봐서 익숙한 곳이지만, 여기까지 어떻게 온 건지 모르겠어. 일단 오면 좋을 줄 알았지―떠오르는 데가 여기밖에 없기도 하고―나의 낙관주의가 두 번이고 세 번이고 같은 곳으로 와도 괜찮다는 용기를 줬지만. 생각해 봐, 그 행운이 얼마나 가겠어. 덕분에 난 좆 될 거야. 선팅된 봉고차 안에서 박스 테이프로 손발이 묶이고, 눈, 코, 입이 뚫리지 않은 복면을 뒤집어쓴 채―속 편하게 낮잠이나 자는 인질처럼―어디로 가는지 모르고 당연히 돌아갈 방법도 모르면서. 대책 없이 멀리 온 걸까? 덕분에 너한테 가까워졌다는 기분은 들지만.

잡생각 그만하고 자야지. 오늘은 일찍 자고 내일은 서둘러 해변에 나가 볼 거야. 도무지 수영을 못 할 날씨여도, 하여 간 거기서 다 털어야지. 네 어깨에 붙은 모래알처럼, 바다에 들러붙어야지. 머리를 박고 호루라기 소리가 들릴 때까지 헤엄쳐야지. 팔다리를 쭉 뻗은 채로 가만히 있어야지—죽 은 지 산 지 모르게, 불가사리처럼—끝까지 성가셔야지. 넘 실거려야지. 아무것도 필요 없어. 슬리퍼도 필요 없어. 짐은 챙길 것도 딱히 없어. 걸어가야지. 버스나 택시를 타기에는 가까우니까, 걸어서 해변으로.

먼저 소리가 사라져.
다음엔 눈을 깜박이지 않아도 돼.
주위에 물고기를 봐, 눈꺼풀이 없어.
너의 슬픔도 추억도 다 알겠어.

  — 나 비염 심했잖아. 재채기랑 콧물을 평생 달고 살 줄
    알았지, 물속에서는 문제도 아냐.

                        ..

마침내 친구의 목소리가 들린다. 거기는 지낼 만하냐고, 어 디서 콱 죽어 버린 건 아니냐고, 많이 보고 싶다고, 그동안 못한 이야기가 많다고, 눈, 코, 입 안 보이는 친구가 말한다. 투명한 갈치 가시처럼 삼키고 삼켜도 분명한 목소리다.

돌무덤의 섬 4

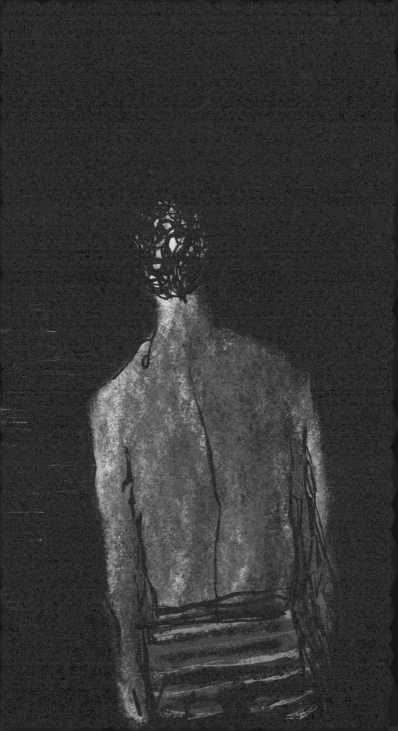

O O'CLOCK ZOO

SECURITY area
(B-F)
name
Holden
Date of expiry
2023.10.30

[부록] 경비원의 근무 일지

경비원의 근무 일지

0시 동물원은 자정이 가까워서야 개장 준비를 한다. 어둡고, 당연히 운영이 끝난 우리가 대부분이다. 우리 안에 엎드린 동물들은 외로워 보이기도 평온해 보이기도 한다. 함께 순찰을 도는 동료 중 누구는 밤이 깊었다 하고, 누구는 곧 새벽이라 한다. 이런 시간에 여기까지 누가 온다는 게 신기하다. 지금은 익숙해졌다.

책을 펼치듯 문이 열리면 개찰구를 통과한 방문객들과—고개를 돌려—벌어진 철조망 쪽으로 움직이기 시작한 동물들이 위태롭게, 대부분 어색하게나마 서로를 향해 걸어간다. 동물보다 사람이 많아 보인다. 이런 시간이라서, 우리의 안과 밖을 구분하기 힘들다.

먼저 일을 그만둔 경비원 중에는 찌뿌둥한 몸을 일으켜 두 발로 걷기 시작한 표범을 봤다는 이도 있고, 보수 공사 중인 분수대 옆을 기웃거리는 코끼리 그림자를 봤다는 이도 있지만, 믿을 만한 이야기는 아니다.

한번은 어떤 미친놈이 개코원숭이 우리의 쇠창살을 붙들고 흔드는 바람에 한바탕 소동이 벌어졌다. 기억에 개코원숭이는 꽤 사나웠고, 무엇보다 그런 일이 처음이라 난 허둥거렸다. 서둘러 채비하는데 옆자리 동료가 별일 아닐 거라며 말을 흘렸다. 그 심드렁한 얼굴을 랜턴으로 찍어 버리고 싶었다. 우리에 도착했을 때, 한껏 술에 취한 남자는 상의를 가슴까지 걷어 올려 보얀 배를 드러낸 채 창살 앞에 드러누워 있었다. 사람들은 일정한 거리를 두고 남자 주위를 빙 둘러 있었다. 창살 안쪽에 개코원숭이도 멀리서 그를 주시했다. 다행히 흥분한 것처럼 보이진 않았다. 다만 어둠 속에서 번뜩이는 눈동자를 몇 번 마주쳤기 때문에, 나는 빠르게 남자를 끌어다 벤치에 눕혔다.

남자의 보얀 배가 부풀었다 가라앉는다. 나도 멀찌감치 앉아 숨을 돌린다. 잠깐의 휴식에 땀이 식는다. 남자는 자다가 이를 가는 버릇이 있다. 긴장이 풀린다. 목덜미가 서늘하다.

동물원을 관람 중인 모두는 평화롭거나, 당혹감에 어쩔 줄 몰라 한다. 멀든 가깝든 모호하게 보인다. 들리는 아무 소리나 반갑게 들린다. 놀이 기구 앞에 줄을 선 아이처럼 설렘은 곧잘 공포가 되고, 끝내 차분한 얼굴이다. 하나같이 자신이 구경꾼이라 한다. 날이 밝아 오면 가만히 우리 안으로 들어갈 사람들.

할 일이라고는—식물원에서 오랑우탄 우리 쪽으로, 열대 동물관과 사파리를 지나 수족관으로, 다시 식물원으로—동물원을 크게 도는 산책을 하거나, 벤치에 앉아 조용히 책을 읽는—읽어 주는—일이 전부다.

활짝 열린 우리 안쪽을 여전히 어슬렁거린다. 그들은 바깥의 누군가를 위로하는 일에 익숙지 않고, 그저 흐릿해진 서로의 무늬와 울음소리를 귀기울여 듣는다. 울타리 끝에서 끝으로 움직이는 모습을 본다.

[부록] 경비원의 근무 일지

동물원이 다 똑같은지 모르겠지만, 0시 동물원은 출구를 나서자마자 식물원이 있다—기념품 가게처럼—실은 출구랄 게 없다. 게이트는 항상 열려 있다. 안내 부스도 있지만 직원이 있는 걸 한 번도 본 적 없다. 나는 퇴근길에 식물원 앞을 지난다. 특별한 이유가 있는 건 아니고 그쪽이 역에 가깝다. 막 동이 트는 시간이라, 온실 유리 벽 너머로 산란하는 햇살이 신비롭다. 그 장면을 오래 바라보며, 기념품 가게를 지나치듯 퇴근한다.

[부록] 경비원의 근무 일지

0시 동물원

초판 1쇄 발행 2023년 10월 30일
초판 2쇄 발행 2024년 2월 20일

지은이   조한샘
그림   조한샘
편집   고은비

발행처   측간소음
발행인   고은비
출판등록   2023년 1월 4일 제2023-000004호
이메일   goodnoise42@gmail.com

© 조한샘 2023
ISBN 979-11-984541-0-2 03810